晴明の事件帖

賀茂祭と道真の怨霊

遠藤 遼

角川春樹事務所

目次

忠行、晴明を去り難く思ひて、
此の道を教ふること瓶の水をうつすが如し。
されば終に晴明、
この道に付きて公私に使はれて
いとやむごとなかりけり。

(陰陽師・賀茂忠行は、晴明を手放しがたい逸材と思って、
自らの知る陰陽道を瓶の水を移すようにことごとく教えた。
それによってついに晴明は、
陰陽道においては公私にわたって使われ、
とても重用されたのだった。)

——『今昔物語集』

この殿、
若くより賢人のひと筋のみならず、
思慮のことに深く、
情け、人にすぐれておはしけり。

（この藤原実資どのは、
若い頃から賢人だけを目指していたのではなく、
ことのほか思慮深く、
思いやりの心も、人よりもすぐれていらっしゃった。）

――『十訓抄』

第一章　生霊に襲われた婉子

空は青く、深く、高い。

暦の上では秋なのだが、まだまだ暑く、夕方が恋しい時期だった。日暮れになると鈴虫などの虫の音が人々の心を慰めている。

帝が夜中に突然出家し、その位を放棄するという前代未聞の出来事からふた月が経った。相変わらず政を司る内裏や役所をも含めた大内裏はせわしない。夏の木々が風に揺れて濃い影を慌ただしく移していくのに似ていた。

そんな騒々しさから、少しばかり東にずれた邸で、藤原実資は晴れやかな顔をしていた。

「新しい帝はまだ七歳。幼い帝の周りで大の大人たちが右往左往。やれやれ。鴨川の流れよりも騒々しい。日記に書かねばならぬことには困らぬがな」

色白で聡明そうな目元をしている。額から頰、顎までの線が整っていた。目の光り方、口元の締まり具合が、様々な事物を真剣に学んできた者特有のものだった。

いま実資が口にしたのは、藤原摂関家の一員が帝をそそのかせて落飾させ、自らが選んだ幼い帝を立てた、という大事件についてだった。明らかな臣下の越権であり、寛和の変と称されるようになるのだが、あまりその呼ばれ方はしない。

それよりも、帝の落飾のほうが人口に膾炙している。

実資が自嘲とも自虐ともとれぬ言葉を発すると、白い狩衣に烏帽子といういつもの格好で、これまたいつものように柱にもたれている安倍晴明が話しかけてきた。

「日記之家の当主が、とうとう世捨て人になってしまったか」

安倍晴明――陰陽師である。

天文を読み、吉凶を占い、百鬼を退けて疫病を鎮める秘術を駆使する。

こちらも実資同様に色白だったが、晴明の肌の白さは氷雪のように冷たくも美しく、どこか神秘的だった。切れ長の目はいつも涼しげな色が浮かんでいる。すっきりと通った鼻梁と薄い唇の端整な顔立ちは、現世から違うところに心があるような不思議な表情にも見える。

晴明が使った「日記之家」とは、律令によって成り立つ宮中の守護者としての実資の位置づけを表していた。

実資の家は藤原北家小野宮流と称されていた。本来、嫡流である。

現在は九条流が摂関家となり、政の主流を占めている。

その一方で、小野宮流では脈々と受け継がれてきたものがある。

それが「日記」だった。

ただの日記ではない。律令によって行われたすべての事績と判断が記された有職故実(ゆうそくこじつ)の蒸留である。律令という文字で書かれた法だけでは収まらない解釈や運用のすべてを実資は父祖伝来の日記によって学び、己(おの)が血肉としていた。当代最高の教養の持ち主なのである。

晴明の横には美貌(びぼう)の式・六合(りくごう)がいて、彼に、次いで実資に水を用意してくれた。式とは人ではない。陰陽師たる安倍晴明の手足となって働くこの世ならざる存在や神霊の総称だった。もっとも、六合は絶世の美女——平城(へいじょう)の都の頃(ころ)の古風な衣裳(いしょう)で——の姿をとって顕現していたが……。

「はは。俺(おれ)は帝の代替わりで蔵人頭(くろうどのとう)から解任となった。世のほうから俺を捨てたのよ」

蔵人頭とは蔵人所(くろうどどころ)の長である。蔵人所は嵯峨(さが)帝によって設置された令外官(りょうげのかん)であり、帝の側(そば)近くにあって機密文書などを司る家政機関だった。

蔵人頭ともなると殿上の一般を司る激務で知られたが、同時に参議への昇進も早いとされている。ところが、今回の帝の代替わりにおいて、実資は参議への昇進どころか、蔵人頭をただ解任されただけだった。

形式上、先帝乱行の責を取らされたようなものである。

「ふふ。うまい言い方だな」

政の実権は幼い帝を支える藤原兼家(かねいえ)やその三男の道兼(みちかね)が握ろうとしていた。兼家は帝の外祖父として摂政についたのである。だが、兼家は右大臣。じきに追い抜くかもしれないが、上の官職には前の関白で太政大臣の藤原頼忠と左大臣の源雅信がいる。位の高い者たちの間では、落飾した下り位の帝（花山太上天皇）は数々の乱行で知られていたから、帝の代替わりには黙認のような態度を取っていたが、自らの権力を放棄するかとなればそれは別だった。

実資は水を飲んで木の実をつまむ。

「冗談はさておき。日記に書けない内容が多すぎる」

「ほう？　律令を補う有職故実の根拠となる日記を守るおぬしがそう嘆くとはな。私を追いかけ、陰陽師の奥義を日記に書き留めようとしたおぬしらしくもない」

「何もかもを日記に書くのがよいとは限らぬと教えてくれたのはおぬしではないか」

晴明は笑って庭をまぶしそうに見た。

「蔵人所を去ったおぬしの耳に届くほど、もめているか」

「貴族たちがもめるのは別にかまわぬ。それが仕事のようなものだからな。だが、そのぶん都の民が右往左往するのは憐れだ」

「愚かな法を定めたり、不作の年にも重税を課すような連中が善人顔で政に携わらないようにするのが日記之家の力ではないのか」

実資は苦笑した。烏帽子から滲んだ汗を拭う。

「後宮がな。ややこしいのだ」

「ほう？」

「王女御さまが特に、な……」

内裏の奥にある七殿五舎が建物としての後宮だが、この場合はもう少し複雑だった。

そもそも帝の落飾を招いたのは後宮の問題が絡んでいる。寵愛の深かった女御の死で心を弱らせたところを兼家に出家の功徳をささやかれて、帝はその冠を捨てたのだ。

最大の問題は、下り位の帝にはほかにも三人の女御がいたことだった。

入内の順に女御姚子、女御諟子、それから王女御たる婉子である。

もっとも、帝自身が欲しておきながら実際の寵は亡くなった女御忯子に偏っていたとか。

「これは俺も先日知ったことなのだが」と実資が前置きして話し始めた。

ほかの御代ならいざ知らず、かような帝のときである。女御たちの誰がどれほど寵を得ていたかは後宮の話題になっていたようだ。下り位の帝はほかにも女官たちにも気まぐれに手をつけては、女たちのほうでもそれを誇るようにしていたようだから、女御たちの受けた寵についても詮索がされていたらしい。

だが、当の帝は亡くなった女御忯子の影を追って、出家してしまった。

三人の女御たちは、死んだ忯子にまで負けたのだ。

後宮でもの笑いの種になっていた。

晴明が涼やかな面立ちに暗い影を落とす。

「本来、最高の神官でもある帝にしてそうであったのなら、帝を護るための女御や後宮もそんなふうになってしまうのは、如何ともしがたいというところか」

「もし三人の女御が、下り位の帝の御子を授かっていたら、また話は違っていたのだろうがな」

もっと単純だったか、もっとややこしくなっていたのかはわからない。

「他の三人の女御のうち、ふたりは藤原家の方だったな」

姚子は権大納言朝光の娘であり、諟子は太政大臣頼忠の次女だった。ふたりとも、権力者である。

「まあ、父親のほうは下り位の帝の子を授かれば、自らが外戚としてさらなる権力をふるえると思っていた当てが外れたという気持ちと、ろくに寵愛をいただけないばかりか気分によって女官にまで手を出す帝の気まぐれにうんざりする気持ちと、両方あっただろうな」

ことに王女御にいたっては、入内したときの年齢が十四歳。しかも帝の在位、つまり女御であった期間はたったの半年である。

「まともに帝と顔を合わせたこともなかったという王女御さまなのだが、どうも夜な夜なあやしげなもののけになやまされているという」

「ほう?」と晴明が庭を眺めたまま視線をこちらに向けた。その目の神秘の力を感じながら、実資は話し始めた。

「以前、後宮女官たちの生霊に苦しめられていた典侍どのを覚えているか」

「ああ。たしか王女御さまと親しかった……」

典侍は藤原頼秀という貴族の娘だった。後宮の女官の花形である内侍司の次官として出仕していたのである。父親の強引な思惑での出仕から周囲の女官たちのいじめを受け、さらにいじめる側の女官たちの生霊のせいで一時は頭髪の一部がはげ上がってしまうような事態に陥ったのだが、晴明や実資の努力ですっかり元気になっていた。

出仕前から婉子女王とは知り合いで、互いに行き来する仲だったため、典侍を通じて婉子——その頃は先の帝の代だったので王女御——の心痛の相談に乗ったりしていたものである。

「そうだ。それでこれから話す内容は、その典侍どのから聞いたものなのだが……」

夜。婉子が寝ているときのことだ。

婉子も王女御としての務めは一段落となり、近々、父親である為平親王のところへ戻ろうという話が出てきている。

怪異はその頃から始まったらしい。

月のない夜のこと、ごつ……ごつ……、という何か重いものが土を踏みしめるような音がして、婉子は目を覚ました。まだ夜中なのか真っ暗だ。

ふと婉子は妙な感覚を覚えた。

周囲に人の気配がないのだ。

普段であれば、親しい女房が数人、同じ局（つぼね）で寝起きをともにしている。だが、彼女たちの気配がない。

女房の名を呼ぼうとしたが――声が出ない。

誰か、と助けを求めようとした婉子は自らの体が動かないことに気づいた。

恐怖が足下からせり上がってくる。

もう一度、誰かと声を出そうとしたときだった。

目の前に灰色がかった黄土色の巨大なものが、ぬうっと現れたではないか。

牛か馬か、何か四本足のものの左右に大きな板をつけたような形をしていた。普賢菩薩（ふげんぼさつ）が乗る「象」という生き物がそのような大きな耳を体につけていたはずだが、それにしても、奇怪な形態をしている。全体が灰色を帯びた黄土色で牛馬にしては首がほとんどないのだ。あるいは、ひどい速さで土塀に衝突したかのように頭部が潰（つぶ）れているとでも言おうか、体の前面に直に顔がついたような奇異な姿だった。

そら恐ろしく、気が遠くなりそうだった。

逃げたいが、指一本動かない。

黄土色のものは大きく口を開けた。

牙がぎっしり並んでいて、婉子は生きた心地もしない。

その口の中には人の頭が逆さまに入っていた。

烏帽子をかぶった姿から、男だとわかるが、誰かはわからない。頬骨が張っていて、開いた両目は真っ白で何も映していなかった。

すると、さらに恐ろしいことが起こった。化け物の口の中にいた頭の首が蛇のように長く延びたのである。

逆さまのままの男の頭は口でぶつぶつ言うように動かしながらこちらに迫ってくる。

「南無釈迦大如来、南無釈迦大如来——どうかお守りください」

婉子はきつく目を閉じ、黄土色の化け物と奇怪な男の頭を闇の中へ追いやろうとしたところで、記憶が途切れる。

次に気づいたときには朝だった。日が差し込む局で、一緒に寝ていた女房たちも目を覚ましたところだ。

ああ、夢だったのかと安心した婉子は、ふと額の髪に触れようと腕を上げた。その動きに袖が滑り、白い腕が露わになる。

婉子は悲鳴を上げた。

持ち上げた自らの右腕に、くっきりと人の歯形がついていたからだった。

実資の話が終わると、「奇なることよ」と晴明が檜扇を取り出してかすかに開き、口元を隠すようにした。

檜扇は檜の薄板を重ねて作った扇で、束帯などを身につけたときの持ち物として用いられている。笏の代用としても使われたが、あおいで風を送るような使い方はしなかった。

男の晴明が檜扇で顔を隠すのは作法ではないが、表情や口の動きを読まれないための、陰陽師としての本能のようなものだろうと、実資は思っている。

「まあ、そのせいで王女御さまの里下がりは早急に行われたようだがな」

と実資がため息交じりに付け足した。

「その怪事は一回きりか」

「いや。典侍どのの話ではそれからたびたび起こっているそうだ」

「ふむ……」

「晴明。助けてやってくれぬか」

晴明は視線を庭に泳がせると独り言のように、

「という話だ。なあ、晴明。俺だってぜんぶを聞いているわけではない。おぬしに来てもらって直に王女御さまに話を聞いてほしいのだ」

するとと晴明は頬にからかうような笑みを浮かべて実資を見た。

「ずいぶんと熱心ではないか。特段、王女御さまに気に掛かることでもあるのか」

実資は頬が熱くなる。

「晴明。何を言っているのだ。畏れ多くも女御のお立場の方だぞ」

「いまはもう違うだろう」

夫である帝は出家してしまった。しかも別の女御の面影と寄り添っている。

下世話な言い方をすれば夫婦の関係はもはや維持されていなかった。

だからこそ、婉子含めて三人の女御たちは里下がりを選んだわけだが……。

「お、おぬしが勘ぐるようなやましい想いはない」

「私はやましい想いなどとひとことも言っていないが?」

そばで六合が小さく笑っていた。

実資は咳払いをする。

「とにかく、陰陽師の出番であろう。晴明」

「日記之家の長がそういうなら、そうなのだろう」

晴明は音を立てて檜扇を閉じた。

「頼む」

「頼まれた」

実資の顔に笑みが広がる。「ありがとう」

「だが、たぶんこれは私ひとりではわからないだろう。おぬしの知恵も必要になるだろうから、頼むぞ」

と晴明は立ち上がりながら実資に微笑みかけた。

為平親王の邸は静かだった。

通りに面しているのだが不思議と音が入ってこない。実資の小野宮の邸や晴明邸では鴨川の音が聞こえるときもあるのだが、それもない。

邸の遣水の音と、その水を求めてくる鳥たちの鳴き声が聞こえるだけだった。

しん、としているというより、夕暮れのさびしさや怖さのようなものが身に沁みる。残暑の中で蟬も鳴いてはいるのだ。だが、なぜかその鳴き声が耳に入らない。

実資は奇妙な居心地の悪さを感じた。

「静かだな」とつぶやく声さえも小さい。

「うむ」

晴明がそれしか言わないので実資は困った。

まさか親王の邸に来て開口一番、居心地が悪くないかなどと晴明と相談できない。

この邸に婉子は戻っているのだ。

為平親王が婉子の父だからである。

冬のように物音がしない。

しばらくして、簀子(すのこ)を渡る足音がして、几帳(きちょう)の向こうに人が入った。婉子である。そばにはお付きの女房がいて、こちらは衵扇(あこめおうぎ)で顔を隠して几帳のそばに控えている。

衵扇とは、宮中で用いられた木製の扇のうち、特に女房女官が使うものを指した。顔を隠す用途があるため、大ぶりである。草木や人物の絵を描くなどして華やかにしていた。

几帳の向こうから澄んだ声が発される。

「宮中の典侍がまたご無理を言ったようで申し訳ございません」

「とんでもないことでございます。王女御さまがお苦しみと仄聞(そくぶん)し、いても立ってもいられず、安倍晴明とともにまかり越しました」

几帳の向こうでかすかに笑いの気配があった。

「王女御」と婉子が指摘する。「もはや私はそのような身分ではありません」

「あ……」

実資が軽く言葉を失う。横の晴明が顔を動かさずにそっとささやくようにした。

「女王殿下でよいだろう。大丈夫。殿下の声には嫌悪や悲しみはない」

そうか、と頷(うなず)く。女御であった頃の悲喜こもごもあろうが、それをそっと納めているようだった。

「女王殿下の奇なる体験を伺い、肝を冷やしました」

再び、几帳から笑みの気配が流れてきた。

「ご心配をおかけしてしまったようで、ごめんなさい」

「もったいないお言葉です」

「この邸の者以外にも味方がいるのだと思うと、とても心強く思います。ありがとう」

婉子の素直な言葉に、実資は恐縮して頭を下げる。

遣水に雀(すずめ)が水を飲みにやって来ていた。

「殿下のお気持ちをもり立てるだけでは、残念ながら解決にはなりません。安倍晴明のお力をもお頼りください」と実資が隣の晴明を促した。

晴明が一礼して、口を開く。

「女王殿下。お話は伺っています。ただ、実資からの又聞きの形で――その実資は典侍どのからの又聞きですから、いくつか確認したい内容がございます」

そう言って晴明は、実資が話した内容をもう一度繰り返した。間違いありません、と婉子が答えると、晴明は狩衣の袖を合わせた姿勢で続ける。

「その逆さまの男の顔に、見覚えのようなものはございましたか」

「いいえ。何となくどこかの貴族のようには見えましたが」

「何か特徴のようなものはありましたか。ほくろとか、しわとか」

「そういえば、頬の右側にほくろがあったように思います」

「なるほど」とゆったりと頷いて、晴明は髭(ひげ)のない顎をつるりと撫(な)でた。「畏れ多いことは存じますが、殿下の腕についたという噛(か)みあとを拝見してよろしいでしょうか」

お付きの女房のそばへ進み、几帳から差し出された白く細い腕を晴明が確かめる。おいたわしいこと、と女房が涙ぐんでいる。

まぶしいほどの婉子の右腕に、赤黒い歯形がくっきりと刻まれていた。

「これは……犬が噛んだような噛みあととは歯並びが違うようですね。大きさからして、人間の男が噛んだように見えます」

と晴明が意見を述べると、女房が「あなや」と狼狽(うろた)えていた。

「しかし晴明。この邸には女王殿下のところへやって来て、歯形を残していくような男はおるまい」

「たしかにな。だが、それは生きている人間の話だろう」

「ということは……」

「女王殿下の夢に現れたそのほくろの男が噛んだのやもしれぬ」

晴明は一礼し、元の場所に戻る。

いつも通りの悠揚迫らぬ振る舞いの彼に、実資のほうがじれてきた。

「どうなのだ、晴明。やはりよからぬもののけの仕業なのだな」

「もののけと言えばもののけだろうが、悪鬼や死霊の類ではない。おそらくは生霊」

几帳の向こうから息をのむ気配が伝わってくる。

「それはやはり、恐ろしいものなのですよね？　噂に聞く生霊のような」

生霊の話と言えば、近江国の生霊話が有名だった。

ある男が四つ辻で女に会い、道案内を頼まれた。実はその女というのが生霊で、行き先に住むさる大夫の命を奪ったのである。道案内をした男が気になって近江にその女を訪ねると、女は道案内されたことも生霊として男の命を奪ったことも認めたという……。

晴明がそっと微笑む。

「殿下は博識でいらっしゃる。近江国の物語、実に克明に描かれています。おそらく似たような体験や伝聞があったのでしょう。――殿下のところへ来たそのもののけは、私が考えますにやはり生霊でしょう」

生霊とは、文字通りまだ生きている人間の魂の一部が、何かしらの強い念い――たとえば嫉妬や情欲、道ならぬ恋への執着など――によって暴走したものである。本人の本音の暴走と言ってもよかった。

「あなや」と婉子が嘆いた。「一体、どのようにすればよろしいのでしょうか。夜になって眠るとまたあのもののけが出てくるのではないかと恐ろしくて」

ここ数日あまりよく眠れていないらしい。

先の帝という、乱行で知られた人物のところから解放されたと思ったら、今度はどこのどいつとも知らぬ男の生霊で夜もおちおち眠れないとは、あまりにもかわいそうだと実資は思った。

「晴明よ。何とかしてやれるんだよな」

「ふむ?」

「百鬼夜行だろうが生霊だろうが、おぬしに祓えぬものはないのであろう?」

「まあ、がんばってみよう」

「がんばってみようって……」

実資が何か言おうとするのを晴明が押しとどめるように、婉子に一礼をした。

「ご事情はわかりました。いましばらくお時間をください」

晴明は白皙の面立ちにやわらかな笑みをのせて、間を退出しようとする。

おい、晴明、と実資があとを追おうとして、何かを思い出したようにもう一度婉子に向き直った。

「女王殿下。大丈夫です。必ず悪夢は打ち払います」

実資が腹に力を入れて言い切ると、几帳の向こうからうれしげな声が聞こえてくる。

「まあ……とてもうれしゅうございます。信じています」

その声に実資は不意に頬が熱くなった。慌てて一礼し、今度こそ晴明を追う。その足音に驚いた雀の子たちがびっくりしてどこかに飛んでいった。

牛車（ぎっしゃ）が邸から出た。

実資と晴明が乗っている。

実資が何かを言うより早く、晴明のほうが口を開いた。

「先ほどの生霊についてだが、おぬしの知恵を借りたい」

実資が目をすがめる。

「土御門大路（つちみかどおおじ）のおぬしの邸を出るときにもそんなようなことを言っていたが、おぬしに貸せるような知恵など、俺にはないぞ」

いや、ある、と晴明が断言した。

「先ほど女王殿下が言っていただろう。頬の右側にほくろがあったように思います、と」

「そういえば……」

「そのような公家の男に心当たりはないか」

実資は腕を組む。狩衣がしわになるのも気にしなかった。

「右頬にほくろか……」

正直に言ってしまって、相手に失礼のような気がして、実資はそれほど他人の顔をまじまじとはあまり見ないようにしているのだ。そのため、ほくろの有無を聞かれてもすぐに出てこない。

晴明が続ける。

「今回の生霊は、おそらく殿下への恋心をこじらせて生霊になったと思われる」

「……何だって?」

「もしかの生霊が、殿下に危害を加えようとしているのなら、あれだけ歯形が残せるのだからもっと傷つけることもできよう」

「それが歯形で収まっているということは危害を加えるつもりではない……?」

「自らのモノであると主張するように、あるいは睦言(むつごと)の興奮のように歯形をつけているのだろう」

晴明はごく平静な声で告げたが、内容が内容である。実資は思い切り渋い顔になった。

「畏れ多くも女王殿下なるぞ」

「ゆえに夜に訪ねていくわけにもいかず、魂の一部が暴走して生霊になった、というところだろう」

実資は重く息を吐いた。

「不逞の輩め。必ず捕らえてやる」

牛車がごとりと揺れる。石でも踏んだようだ。

晴明が物見をかすかに開けて外を見ながら、

「そうかりかりするな。先に話に出た近江国の生霊話を思い出してみよ。結果として人を殺めているが、彼女自身は周囲の者に嫉妬や恨み、夫を殺したいという心の衝動を露わにしていたわけではなかろう」

「たしかに……」

「生霊というものは、人間の感情を十にも百にもして暴れている。本人の何気ない想いが凶暴化するがゆえに、本人の側でもあずかり知らぬ気持ちになる」

だからといって放置しておけば、生霊は悪さを続ける。それが厄介なところだった。

実資が頰をかいた。

「要するに、生霊の主はのほほんとしている、と？」

「多少しつこいきらいがあるので、もう少し強く懸想しているかもしれぬが、少なくとも露骨には思っておらぬだろう」

実資はもう一度腕を組み直した。

「若い公家たちが心の中で誰を好いているかまではわからんし、ほくろの人物にも思い当たるところがないし……」

「殿下はおぬしを頼りにしているのだぞ」と晴明が檜扇を軽く開いて口元を隠すようにしている。

「頼りにしているのは俺ではなく、おぬしだろう」

「いや、違う。女王殿下はおぬしを頼りにしている」

「なっ――」

と実資の頰が熱くなり、耳まで熱を持った。晴明がからかうような笑みを浮かべているのが何だか気にくわない。物見を少し開けようと手を伸ばして、実資はあることを思いだした。

「ははは。で、どうだ。かような男を捜せそうか」

「俺よりも貴族たちの顔をよく知っている人物なら心当たりがある」

「ほう。その人物の力を借るか」

と晴明が言うと、実資がまたしても微妙な表情を作る。

「心当たりがあるにはあるのだが……まあ、女王殿下のためだ」

「ふふ。ずいぶんと悩むのだな。誰だ?」

と言うので実資はその者の名前を告げた。

「藤原道長（みちなが）だよ」

実資にとって、藤原道長は遠い存在ではない。九つほど年下ながらよくつるんでいて、蹴鞠（けまり）をともにすることも多かった。

だが、道長は先の帝の落飾――寛和の変の中心人物である摂政・藤原兼家の五男なのである。

このたびの変では、兼家の息子たちの中の三男・道兼が、帝を実際に落飾させるための寺に案内するという大役を担っていた。道長はその弟であり、彼自身も帝が消えたと他人（ひと）事（ごと）のように当時の関白・藤原頼忠に報告している。

要するに、太上天皇と称される落飾した下り位の帝を巡る変は、兼家一家全員の協力があったと言ってよく、それは婉子の里下がりの原因に道長も噛んでいるということだった。

不幸な王女御時代から解放してくれたと思えばありがたいとも思えるし、そのせいでこのような生霊に悩まされるに至ったと思えば苦々しくもある。

また、外見こそ人目を引くものがあったが心根において見劣りするものがあって、「内劣りの外めでた」と称された先の帝を廃位させた功労者のひとりとして見れば民のためにがんばったとも見えるが、畏れ多くも帝に対してそこまで踏み込んでよかったのかと問われて明確な答えが出ないでもいる。

実資の道長に対する思いも、かつてのような素朴な蹴鞠仲間というだけではなくなってしまったのだった。

それでも、婉子を救うためには道長の知恵を借りる必要はあるだろう。

実資は牛車の進路を道長のところへ向かうようにさせた。

実資たちが道長を訪ねると、彼は最初眉をひそめ、次いで晴れやかな顔になった。

「ちょうどいいところへ来てくれました」と両手を広げて実資と晴明を出迎える道長に、会ってしまえば、政治的な鬱屈などどこ吹く風で話せそうだ、と実資は内心で苦笑した。少なくともこのときは、実資は本心からそう思っていたのだ。だから実資は「嘘をつくな。一瞬、胡乱な目をしていたではないか、少納言どの」と苦笑しながらやり返した。

少納言というのは、いまの道長の官職である。

官位相当で言えば従五位下で、主な職務は詔勅宣下の事務とされていた。

律令には「小事を奏宣す」とされている。

もっとも、律令に定めのない令外官である蔵人所が作られてそちらが勢いを増すにつれて、少納言の職権は縮小していった。いまは中納言以上への登竜門の意味合いが強くなっている。

とはいえ、摂関家たる兼家の息子としてはまだまだ低い官職だった。

実資が見るところ、道長は鷹揚としている。五男だから諦めている、という雰囲気は微塵もない。晴明のような言い方をすれば「天の時を待っている」という風貌だ。

父の兼家のようにやや顔周りの肉づきがよく、目が細い。すっきりした額が若々しかった。眉はりりしく、鼻筋は通っていて色白だが、これは母親である藤原時姫から受け継いだのだろう。兄の道兼は兼家そっくりの眉と鼻と肌をしているからだ。そのためか、ものの噂では母親の時姫は、道長を溺愛しているとか……。

道長が頭をかいた。

「いやいや。左中将さまにかかる態度をするものですか。ははは」

左中将とは左近衛中将のことで、蔵人所を去った実資に残っている官職である。内裏の内郭、宣陽門・承明門・陰明門・玄輝門の内側といういわゆる禁中の警護、行幸の前後の警護などを職掌としていた。

道長は容貌と比べて遥かに豪壮な性格として知られている。

四条の大納言と呼ばれた藤原公任という人物がいる。詩歌にすぐれ、雅楽も得意という才能に溢れた人物で、父の兼家は「わが息子どもでは肩を並べるどころか、怖がって影も踏めまい」と嘆いた。それを聞いた道兼たちはうつむくばかりだったが、道長ただひとりは「影どころか、顔を踏んづけてやりますよ」と息巻いたという。

まだ実力が伴わない若手ゆえに、これが大言壮語で終わるか、将来その通りになるのかは、これからというところである。

そんな大口を叩くところは愚かしいと思うが、どこか憎みきれず、実資は先のような言葉をぶつけ合う仲となっている。

「ちょっと、おぬじの知恵を借りたいことがあってな」

「とんでもない。私ごときが貸せる知恵などございません。……ところで、そちらの方は安倍晴明どのですか」

と実資の隣の晴明に声をかける。

「はい。陰陽寮の安倍晴明です」と晴明が名乗ると、道長の顔がほころんだ。

「何という僥倖！　実を申しますとこれから物忌みに入るところでして。できるならば、どなたか陰陽師の方にご一緒いただければと思っていたところなのです」

俺よりも晴明を見て笑ったのか、と内心鼻白んだが、晴明が笑って頷いているので邸に上がることにした。

物忌みとはある一定期間、引きこもって身を慎むことである。夢見が悪かったり、身内などの死の穢れに触れたときなどに身を清めるため、あるいは陰陽道によって凶の日と定められたときなどに行う。特に陰陽道によって特定の日に特定の方角を凶とされたときには方違えといって、違う方角を使って外出をする。

「物忌みというが、ずいぶん賑やかな男だな」

「穢れを清めるための物忌みではなく、たまたま陰陽道で凶と出たので家に引きこもらなければいけない。退屈ですからいろいろな方に来ていただいて、守っていただきながら物語でもしようかと」

いいのか、と晴明を振り返ると、稀代の陰陽師は苦笑している。

「まあ、人と話してはならないという内容の物忌みで籠もられたようではないみたいだし。多少、言葉を交わすくらいならいいのではないか」

さすがに宴などはふさわしくないだろう。

道長の間に入ると、ほかに僧正と医師、それに武士がいる。

なるほど、道長が「守っていただきながら」というだけのことはある。僧正は密教の加持祈禱に通じた高僧のようだし、何かあったときのために医師も招いたのだろう。

僧正は初老の人物で、やさしい目をしていた。もう涼しくなってきたから、やや厚手の袈裟衣をまとっていて、その中に丸顔が埋まってしまいそうだ。いかにも穏やかな仏弟子という感じがする。観修と名乗った。

医師は丹波重雅と言った。腕のすぐれた医師で、内裏でも何度か顔を見かけたことがあった。宮内省の中にある、医薬を司る典薬寮の者である。名医を輩出する家系として有名で、彼も将来は典薬頭になるだろうと目された。その名の通り、丹波から出ている。

医師なのだが、学問だけの線の細さは感じられず、むしろ武官のような広い肩幅をしていた。

最後のひとり、武士は源頼光と名乗った。

思わず実資は目を見張った。

清和帝の皇子・諸王から始まる清和源氏の三代目である。父の代から摂関家に接近し、広大な領地からの財を生かして経済的に支援をしていた。

その行いから世故に長けた、老獪な人物を勝手に想像していたが、むしろ落ち着いた風格のある人物だった。

武士ではあるのだが、もともと帝の血筋だけあって、武張ったところがない。舞を一差しするのが似合いそうな雅な面立ちだが、武芸百般、何でもこなす。先の変で居貞親王が次の帝となる東宮になったときに、東宮の家政機関である春宮坊の権大進となった。従六位相当の職だ。

実資がそうであるように、頼光も道長よりはだいぶ年上のはずだが何となくこの若者のかわいげめいたものに巻き込まれているのかもしれない。

よく考えれば、この中でいちばんの年下は道長本人だ。

「実に多彩な顔ぶれだな」と実資がささやくと、道長が威張った。

「人徳のなせる業さ」

「ぬかせ。おぬしの実力ではまだ何者にもなっておらぬわ」

「しかもいま安倍晴明どのも来てくださった。これなら六怨霊も逃げ出すというもの」

怨霊とは生前の仕打ちへの恨みを強く抱いて死んだ者の死霊で、たたりや災いを起こすまでになった存在だった。天災や疫病などをもたらす原因ともされている。その恨みを鎮めるため、怨霊を御霊と称して貞観五年に神泉苑にて鎮魂のための御霊会が開かれた。これが祇園御霊会の始まりであり、このときに祀られた六柱の怨霊を六怨霊、あるいは六所怨霊と呼んだ。

曰く、藤原種継の暗殺に関与したとされる早良親王。

平城天皇に対する謀反の罪を問われた伊予親王。

伊予親王と共に罪を問われた母親の藤原夫人・藤原吉子。

嵯峨上皇崩御後、皇太子を東国へ移して謀反を企てたとされた橘大夫・橘逸勢。

新羅人と結託して謀反を企てたとされた文大夫・文室宮田麻呂。

最後は観察使として祀られた怨霊で、平城上皇の寵を受けた藤原薬子によって引き起こされた薬子の乱で射殺された藤原仲成、または奈良の都の頃に乱を起こした藤原広嗣とされている。

「あまりそのようなことを軽々しく言うものではない」

「何。私の父は摂政になった。これからは怨霊と対抗する側になるのだから、いまのうちになれておかないとな」

妙なことを言うようになったな、と実資は違和感を覚えた。

これまでの道長にしては険があるように思えたのである。

「六怨霊も大変だが、それだけではないからな」

と何となくこの話題を続けたくない気持ちで、「人の世は怨霊よりもときにやっかいだぞ」という意味合いで適当に切り上げようとしたのだが、道長は片頬を持ち上げて違うふうに捉えたようだった。

「菅原　道真公ですね」

亡くなって八十年以上が経つ。忠臣の誉れ高く、宇多帝に重用されて醍醐帝のもとでは右大臣にまでなったが、藤原時平に讒言されて失脚。これを昌泰の変という。

道真は大宰府へ左遷されて大宰員外帥という閑職に落とされ、その地で客死した。

菅公、菅丞相などと尊称もする。

尊称されるゆえんは、激しい祟りがあったからだ。

まず、道真失脚のきっかけとなった藤原菅根が病死した。

ついで道真を讒言した時平が三十九歳で病死。

時平と結託したとされる右大臣源　光が狩りの最中に沼で溺死した。

道真死後二十年が経ったが、東宮・保明親王が薨御し、その子・慶頼王が東宮になるも父と同じく薨御すると、ふたりが時平とつながりが深かったことからこれも道真の祟りとされた。

時の醍醐帝は、道真を従二位大宰員外帥から右大臣に復され、正二位を贈ることで名誉回復をさせた。

だが、延長八年、朝議中の清涼殿に落雷。

大納言藤原清貫ら多くの死傷者が出ると共に、ついには醍醐帝も体調を崩してその三カ月後には崩御した。

これらが道真の怨霊の仕業とされたが、現在は北野社において神として祀られている。

「最近はやっと道真公もお鎮まりになられたと思うのだが……」

「さてどうでしょうね」と道長が皮肉そうな笑みを浮かべた。「他の怨霊と比べて、その怒りの激しさ、恨みの強さは群を抜いている。何しろ、他の怨霊の多くはそれなりにきちんと陰謀を企てていましたが、菅公は忠義一筋だった」

「まあな」

「自分にまったく落ち度はないのに、周囲に陰謀が張り巡らされ、いつの間にかはまり込み、亡き者にされる恐怖。それも、遥か彼方の大宰府で衣食住すべてが思うままにならない状況に閑職で放り出された。なぶり殺しとはこのこと。死を賜る名誉すらも周りの藤原氏に奪われた……」

道長が思い詰めたような表情になっている。

だが、実資は微妙な食い違いも感じていた。弘仁元年の薬子の変で藤原仲成——六怨霊の一柱ともされる——が処刑されてから、死刑は停止している。それを一方的に藤原氏の〝陰謀〟のように扱うのは慎重になるべきではないか。

「もし菅公に落ち度があったとしたら、それは唯一、政とはもともとそういうものだと受け入れられなかったことだろうな」

と実資は言った。道真とて、右大臣にまで登りつめたのだから、政の闇は知っていたはずだ。けれども彼は政治家である前に学者だった。彼が学んできた学問に伴う潔癖さが百鬼夜行にも相当する政の闇への認識の目を鈍らせたのではないか——自らも深く学問を修め、有職故実を学んできた実資にはそんなふうに思えるのだった。

道長は軽く微笑んだ。

「ま、わかりませんがね。怨霊の気持ちなんて。ははは。いずれにしてもここにいるみなさまがいれば恐怖するものなどなにもない」

道長の冗談はさておき、多士済済であるのは間違いない。ここにいま安倍晴明が加わったのだ。政の実権を握るのは、自分の一存でできるものではない。何だかんだと他人の支持がいる。ひょっとしたら五男の道長にも栄華の芽があるかもしれないと実資はこのときから真剣に考えるようになった。

実資や晴明がそれぞれ挨拶をすると、ある者はにこやかに、別の者は恐縮しながら、また別の者は折り目正しく返してくれた。

ここでもやはり晴明は目立っている。

「道長どのが物忌みなので来てほしいとわれらに声をかけたのですが、本職の陰陽師の方がいてくれれば、もはや私どもの出番はなさそうですな」

と観修が目を細めていた。

「いやいや、そんなことはありませぬぞ。それは、晴明どのがいてくれるのは非常に心強い。しかし、私が腹を割って話せるのはここにいるみなさまだけだ」と言って道長が実資を見た。「もちろん、実資どのも」

いつの間にか晴明が物忌みに付き合うのが当然のような流れになっている。それでいながら、実資への配慮も付け加えるのを忘れない。

わざとらしく付け加えることで、何となくおかしみを含めて場を丸く納めてしまっていた。

摂関家の男だな、と思う。静かに文机に向き合い、日々の移ろいを日記として淡々と綴るのを父祖伝来の使命としている実資には、ちょっと真似ができないと思う。ゆえに、合わないのだが、憎めない。

「物忌みとなれば、邸から外へは出られませぬ。何日ほどのご予定ですか」

と晴明が専門家らしく尋ねる。

「占ってくれた陰陽師の話では二日だとか」

「ならば、さほど重いものではありませぬな。今回、ともに邸に籠もるのはここにいる方々でよろしいのですか？」

「いや。あとひとりいる」と道長が言ったときだった。

失礼します、と若い男の声が簀子からする。白湯を運んできたようだ。

白湯以外にも何か瓜のようなものが一緒だった。

実資と晴明はその若い男をじっと見つめている。

「実資どのは初めてだったと思います。もとは太政大臣・藤原為光どのの三男でしたが、先日、父の兼家が養子に取りました。藤原道信です。道信、挨拶を」

道長に促されて、道信が深く頭を下げた。

「藤原道信と申します。これからよろしくお願いします」

色白でやや面長ながら清げなまなざしのよい若者だった。まつげは長く、眉は細く長く、鼻は小ぶり。唇も小さく、まるで桃の花のようだった。頬の血色がよく、紅顔の美少年と呼ぶにふさわしい可憐さだった。

「そうか。淑景舎で先日元服したという……」

淑景舎は後宮七殿五舎のひとつで、庭に桐が植えてあるので桐壺とも呼ばれる。内裏の北東に位置し、帝のまします清涼殿からもっとも遠く、必ずほかの殿舎のまえを通らなければたどり着けない不便な配置のため、女御や更衣が居住した記録はほぼない。それよりも摂政の詰め所などの利用が多い。そのため摂政になったばかりの兼家が道信の元服に使ったのだろう。

　実資が小声でつぶやく声が聞こえたのか、道信が赤面して恐縮していた。

「恐れ入ります。後宮で元服など、もったいないことで……」

　どこか少女めいた奥ゆかしげな立ち居振る舞いである。

　しかし、実資が目を奪われたのはその外見や挙動ではない。

　彼の右頬にほくろがあったからだった。

　この若者が、生霊の正体なのだろうか。

　婉子から聞いた生霊のまがまがしい様子とは似ても似つかぬ、おとなしげな若者なのだが……。

　人の内面はどのようなものか、なかなか計りうるものではないのも事実だ。

　仮にこの若者が生霊の主だったとしたら、実資がすぐに思い浮かばなかったのも道理である。何しろ、つい先日元服して公家の仲間入りをしたばかりで、まだ会っていなかったのだから。

　怖い顔になっているぞ、と晴明が軽く実資をつついた。どうやらあまりにもまじまじと道信の顔を見つめ続けていたようだ。

実資と晴明が名乗ると道長が朗らかに若者の肩を叩いた。

「養子のため、兄である俺とは似ても似つかぬが、実に美しい顔をしているだろう」

「兄上……！」

兄と呼ばれて、道長は悪い気はしないようだった。

「非常に歌がうまい。元服前からずっと歌を考えるのが好きだったというし、これは天職なのだろうな。歌のうまさは後宮でも知れていて、桐壺で元服した折には落飾された下り位の帝の女御方にも『歌のうまいあの若者の元服なら』と、ご臨席いただけたくらいだ。いや、末恐ろしいとはこのことよ」

「そうであったか」

と答えつつ、実資は頭の中であれこれ考えている。

道長の話通りなら、この若者は元服の折に婉子と接点があったことになる。ほかの女御たちよりも年若く、自らの年と近いのに遥かに高貴な血筋の婉子に思慕の情を抱いたとしても、おかしくはない。おかしくはないのだが、はたしてその心が婉子が語っていたほどの醜い生霊の姿を取るのだろうか……。

「ところで実資どの。すっかり私の話ばかりして、この座の中にまで招いてしまいましたが、私の知恵を借りたいとか。いかなる用向きでしょうか」と道長が白湯で口を湿らせて尋ねた。

いまさらもいいところである。

しかし、右頬にほくろのある道信と会ってしまったいま、当初の目的はこちらも達成されてしまった。

「あ、いや……」

思わず晴明を見る。怜悧(れいり)な陰陽師は涼しげな顔で「正直に言えばいい」とだけつぶやいた。

正直とは何だ。生霊の主を捜していたと言えというのか――？

「あー、そう。噂で聞くのみであった道信どのに一度お目に掛かりたいと思っていてな。その仲立ちをしてもらおうと思っていたのだよ」

いろいろ隠してはいるが、ぎりぎり嘘ではないと思う。

「そうでしたか。ではこれで双方の願いがかなったというもの」

「双方？」と実資が聞き返すと、道長が六つ年下の弟となった道信を促した。彼のほうは恥ずかしげに目を伏せていた。実はな、と道長がにやにやと話そうとすると、弟のほうが止めた。

「兄上。自分で話せます」

「そうか。では話せ」

思い切り兄貴風を吹かせる道長に翻弄(ほんろう)されるようになりながら、道信が実資に向けて姿勢を正した。

「実は私、実資さまの蹴鞠がとても好きなのです」

「はあ……」

「私自身は蹴鞠が苦手なのですが、だからこそ、優美で優雅で、微笑みながら軽やかに鞠を蹴るお姿は、まるで極楽世界の神々しささえ感じるのです」

若々しく純粋なまなざしで熱っぽく語られて、実資は照れている。

「あ、ああ。そうですか。……恐縮します」

そこへ、軽く開いた檜扇で口元を隠した晴明が口を挟んだ。

「道信どのは蹴鞠がお好きなのですね」と言われた道信がはにかみながら頷いた。

「はい。私も上手に蹴鞠ができたらと思うのですが、どうにも……」

「蹴鞠かぁ」と道長が頬をかく。「蹴鞠は結局のところ、一にも二にも落とさないことにつきますよね？」

「まあ、そうだな。きれいに蹴ろうとかそういう考えは二の次だ。まずは落とさないこと」

するとと若者がため息をついた。「その『落とさない』が、私にはむずかしいのです」

晴明が微笑む。

「お見受けしたところ、歌がうまいだけあって心のひだが繊細で感じやすいご性格の様子。

そのようなお方はあまり思い詰めるとよろしくないものです」

「左様でございますか」

「ものの話にもありましょう。近江国の生霊。お聞きになったことはありませんか？」

晴明の口から生霊という言葉が出て、実資がはっとなる。白衣（びゃくえ）の陰陽師を見れば、かすかに眉を動かしてみせた。

「ございます」

「あのように、知らず知らずに生霊を放ってしまうものです。欲しいものや求める人、自分がなりたかった姿――道信どののような物静かな方でも、むしろ物静かな方だからこそ、内に籠もって想いが万里を駆け巡ることもあるのです」

「なるほど……」と道信が顎を引いて生真面目（きまじめ）に考え込んでいる。「あの、晴明どの。それはたとえば……」と口にしかけて、道長の好奇のまなざしにぶつかり、何でもありませんと身を引いてしまった。

「何だよ。私のまえでは言えないのか」

「そ、そんなことはありません」

「ほほう。赤くなりおった。わかったぞ。惚（ほ）れた女の話だろう」

「な――っ」と新しい弟のほうが真っ赤になる。

図星かと道長がはやし立てると、道信はますます顔を赤くしていた。見ていられないような兄貴風を吹かせる道長だったが、予期せぬ流れで真実を教えてくれているようだ。

実資はあらためて晴明を見つめる。やはり、この若者が……?

晴明が小さく頷いた。

「もともと私は実資についてきただけでしたが、物忌みとあらばご一緒しましょう。実資も会いたがっていた道信どのとゆっくり語らうがいい」

「あ、うん。そうしよう」

どうやら晴明には考えがあるらしい。

「それで、物忌みが明けたら、道信どのと蹴鞠をするといい」

え、と道信と実資の声が重なった。やや遅れて、頼光たちの笑いがのっかる。

「それはいい。案ずるより産むが易し。名人の誉れ高い実資どのに蹴鞠を教えてもらえば上達間違いなしだろう」

「よ、頼光どの……」と道信が情けない声を出し、一同がまた笑った。

婉子の生霊と蹴鞠がどう関係するのかわからないが、ここは任せるしかない。

日が傾き、西の空が真っ赤に染まっていた。

笑いが収まると、晴明が若者の運んできたものを指さした。

「話を横道に逸らしてしまいましたが、道信どのが持ってきた瓜のようなものは何ですか」

するとと道信はかすかに眉を寄せる。

「そうでした。これをお聞きしようと思っていたのでした」と、運んできた瓜のようなものを見せる。

「瓜のようだが……」と実資が首をひねった。

瓜にしては大きく、何より季節が違う。本来、瓜は初夏から夏のもので、八月のいまは、やや時季外れだ。

「瓜なら好きだから食べたいが……」と道長。

「何を言っているのだ。物忌みとはひたすら身を清めて時を過ごすもの。外部から軽々しくものを持ち込んでいいものではないだろう」

と実資が真面目にいさめると、道長は「そんな怖い声を出さないでくだされ」と肩をすくめて苦笑した。

「これ、どうやって手に入ったのだ？」と彼が尋ねると、持ってきた道信が答える。

「家人から聞いたところでは、今朝方、邸の外の土塀沿いにひょっこり実っていたとか」

「ふむ……」と道長が手を伸ばそうとしたところを、晴明が「おやめなさい」と鋭く言い放った。

「その瓜、呪がかかっています」

「何だと」と道長が目を見張る。

「晴明。本当なのか」

と実資が問うと、晴明は檜扇をぱちりと閉じた。

「私の見立てが正しければな」

物忌みの場に呪のかかったものが転がり込むのはいかにも不吉である。

「おぬしなら何とかなるのだろう? せっかくここにいるのだ。道長を助けてやってくれ」

と実資が頭を下げた。

「ここにはたまたま来ただけのため、満足に祭壇も組めぬ」

「あ……」と実資が言葉を失う。

「それに、先ほどから互いに憎まれ口をたたき合っていたようだが?」

晴明がやや意地悪な笑い方をした。実資は咳払いをして、

「それはそれ、これはこれだ。まえにおぬしも言っていたではないか。医者は善人か悪人かで治療を変えるものではない、と」

帝の代替わりのまえ、都を襲った奇病を巡るやりとりで晴明が口にしたことだった。

見れば、実資の言葉を肯定するように医師の丹波が大きく頷いている。

晴明は髭のない顎をつるりと撫でて、やってみようと答えた。

「少々厄介な呪にも見えるが」と晴明がいったん言葉を切って、一同を見回す。「道長どのは運がいい。ここにいる者たちがいれば何とかなるでしょう」

「ここにいる者、とはわれらのことを指しておられるのですかな?」

観修が相変わらず穏やかな顔つきのまま確認した。

「ええ。呪というものは、突き詰めれば人の念(おも)いです。人に好き嫌いがあるように、呪に対抗するにも得手不得手があります。強引に揉(も)み潰(つぶ)すこともできますが、丁寧に解除してやったほうが早いこともある」

「なるほど?」と丹波が興味深げに身を乗り出してきた。

「人の念いでできたものなら、どれほど強大に見えても呪には必ずほころびがあるのです」

「そこをついて呪を撃退しようというのですね」と頼光が指摘する。

「さすがは頼光どの。呪か鬼かの違いはあれども、あやしのものと戦うのになれていらっしゃる」

早速準備が始まった。

準備と言っても難しいものはない。先ほど晴明が言ったように、祭壇を組む用意がないのだから、いまこの場でなんとかするしかなかった。

観修が数珠を取り出し、丹波医師は治療に使う針を握り、頼光は太刀を用意する。

晴明は瓜を手に取るとしばらく向きを変えながら眺めていたが、やがてある向きにして左手で持つと、右手を刀印に結び、五芒星を切った。

「急急如律令――」

晴明が星を切る動きに合わせて、実資には白い光跡が見える。最後に、一喝とともに刀印を突き出すようにすると白い光で描かれた五芒星が大きな瓜を貫いた。

その瞬間である。瓜がぐるりとどす黒く色を変えた。

「あなや」と若い道信がのけぞる。

さすがに道長はのけぞりはしなかったが、顔をしかめていた。

「晴明。これは――」と実資が尋ねると、晴明が静かに「まだだ。まだ呪があると暴いたに過ぎぬ」と言うと、観修に向き直った。

「僧正。恐れ入りますが『観音経』を誦していただけますか」

「承知しました」と観修が合掌し、目を閉じて『観音経』を唱え始める。

『観音経』は『法華経』の一部であり、『妙法蓮華経観世音菩薩普門品第二十五』という部分に当たる。

……汝等応当。一心称観世音菩薩名号。是菩薩。能以無畏施於衆生──。

（……汝らまさに、一心に観世音菩薩の名号を称えよ。この菩薩は諸々の衆生のあらゆる苦しみや悲しみをなくす無畏施をくださる方なれば──）

ことに後半の『妙法蓮華経観世音菩薩普門品偈』では観音菩薩への信仰によりあらゆる苦難に打ち勝つ多大な功徳がその身に臨むと偈（詩）の形で説かれていた。

かように尊い経文を、深く修行を重ねた僧正が読み上げるのである。その法力にはすばらしいものがあった。呪の瓜といえどもその法力にはあらがえぬ。どす黒くなった瓜はまるで鯰が池でのたうつようにぐるぐるとその色を変じていた。

『観音経』が終わらぬうちに晴明が丹波医師に声をかける。

「丹波どの。身中の毒気を仕留めるように、この瓜に二本の針を刺して下さい」

「心得ました」

尊い経文の法力に瓜はのたうつようにしていたが、しばらく観察したあと丹波医師は静かに二カ所に針を刺した。

瓜が、暴れる。

「急急如律令」

再び晴明が五芒星を切ると、瓜がおとなしくなった。

すると晴明はその瓜を床に置き、控えていた頼光に頭を下げた。

「頼光どの。この瓜を真っ二つに切って下さい」

「承った」

言葉短く返答した頼光が太刀を一閃させた。

ごく何気ない動き。てらいも何もなく、息をするように自然に太刀を抜き、瓜を打ち、気がつけば刀身は鞘に戻っている。

少し遅れて、瓜が二つになった。

その瓜の中から出てきたものを見て、若い道信は白い顔を蒼白にさせている。

「何だ、これは――」と道長が口元を押さえて、うめく。

瓜の中から出てきたのは、とぐろを巻いた蛇だった。

だが、すでに動いていない。

両目には丹波医師が刺した二本の針が突き刺さり、その首は頼光の太刀によって瓜ごと切断されて事切れていた。

観修の声が止まる。

「『観音経』が終わるまえに、こちらのほうが終わってしまったようですな」と穏やかな顔で告げると、あらためて合掌・瞑目して「南無釈迦大如来。南無観世音菩薩――」と三度繰り返していた。実資も一緒に手を合わせていた。

三度目の称名が終わると、蛇の体から黒灰色の煙が幾筋も立ち上がる。

煙はそれ自体が意思を持っているように間を漂ったあと、外へ逃げていく。

晴明が柏手を二回ずつ五度、打った。

柏手の余韻が消える頃には煙は跡形もなく消えている。

ただ、季節外れの瓜の皮がしおれて床にあるばかりだった。

蛇のいた瓜は晴明の指示で燃やすことになった。

家人たちがかたづけてしまうと、あらためて一同で腰を下ろしてゆっくりする。

新しく用意された白湯を啜りながら、道長が晴明や観修、丹波医師、頼光の顔を見回しながら尋ねた。

「瓜は好きだが、蛇は怖くてイヤだ。先ほどの瓜――あれは結局何だったのですか」

「呪ですよ」と晴明がさらりと答えた。白湯をうまそうに含んでから、「何者かが道長どのを呪って仕掛けたのです」

豪胆な男だが、あからさまにあのように呪いを差し向けられたとあっては、さすがに道長の顔色が悪かった。

「俺が、誰かから呪われている……」

観修は穏やかに微笑んでいる。丹波医師は難しい顔で道長を見つめ、頼光は静かに目を閉じている。

しばらく様子を見ていたが、彼らが何も言わないのを見て、実資が口を開いた。

「道長よ。誰かから恨みを買ったりはしていないか」

そう尋ねると、彼は皮肉っぽく笑う。

「恐ろしいことを聞くな。恨みを買っていない藤原家の人間を捜すほうが難しいだろう」

「――ある程度の自覚はあるのだな」と実資はため息をついた。

下り位の帝が乱行好きの性質であったことは名のある公家たちの間では広く知るところだった。それに頭を抱えている者、悩んでいる者が多くいたのも事実だ。だからこそ、このような異例の代替わりが受け入れられたのだ。

頭ではわかっていても気持ちとして納得いかない者もいる。

臣下たる身で帝を謀(たばか)って寺に案内し、髪を下ろさせてしまうというのはやりすぎだという意見も根強い。

その首謀者は兼家であり、道長はその子であると同時に、若干とは言え兼家に協力したことはすでに述べたとおりだった。

そのうえ、この性格である。

先の変についてのことのみならず、一族の中でも恨みを買っていてもおかしくはないと言っているのだろう。

「兄上。それはまことですか」

と道信の声が震えている。

「まあ、そういうものだろう」

「怖くはないのですか」

「怖いさ」

肩をすくめてみせた道長から目をそらした若い道信と、実資は目が合った。道長がどこまでわかっているかはわからぬが、と前置きして、

「人がこの世に生きていく以上、必ず誰かの世話になるし、残念だが誰かに迷惑をかけるし、結果として誰かの恨みを買うこともある。もしそれが嫌なら、山の中にひとりで生きていくしかない」

もっともそれでも、両親や一族や知人の悲しみや恨み言からは逃れられないかもしれない。

「…………」

「世間でいちばん嫌われているのは、俺が思うに御仏(みほとけ)——釈迦大如来だと思う」

「え？」と道信が驚いた顔をした。

「だがそうであろう？　まず、地獄に堕(お)ちた者たちはみなことごとく御仏を恨んでいるだろう。この世においても悪人たちは釈迦大如来を嫌っているだろうな。御仏の教えに帰依(きえ)していない者たちは、もっとおもしろおかしく生きている自分たちのほうが利口者だ、と釈迦大如来をあざ笑っているかもしれない」

「ああ……」

「おそらく生きていたときもそうだったのだ。けれども、釈迦大如来はその一生でただの一度も自らのなすべきことを妥協されなかった。法を説き、伝道し、弟子を育てられた。そのおかげで天竺(てんじく)（インド）から遥か東のわが国にも、仏法の光が届いている。——話はずれたが、人がこの世に生まれたのは、悪評を立てられないように首を引っ込めて生きるためではないということだ」

　道長が頭をかく。

「実資どのは日記之家の当主だし、賢人を目指しているから、真面目なたとえを用いてくれるが、俺としてはもう少し簡潔だ。男として生まれたなら、敵が雲霞(うんか)のごとくいようとも、青史に名を留め置かんと思っているのよ。俺が怖いと言ったのは自分が何事もできずに無力に死んでいくこと」

「だからといって、悪事に手を染めたり、意味なく敵を増やすのは仁者のするものではないぞ」と実資が冗談めかした口調で言うと、道長は首をすくめた。

「私から見れば、おふたりとも雲の上の方々のように見えます」

道信が感嘆していた。

「われわれなどは俗人も俗人。本当の雲の上の方々のようなのは、こちらにいる僧正さま方のことを言うのだ」

「何と」と若い道信がさらに目を丸くする。

先ほどの呪の瓜への対処はまさに達人のものだった。

経文そのものに力があるとはいえ、『観音経』をいきなりこの場で誦して瓜の呪を浮かび上がらせた観修。病根を突くのと同じ要領で瓜の中にいた呪の蛇の両目を針で貫いた丹波医師。無駄のない動きで太刀を抜いて一閃させただけで瓜の中の蛇の首をはねた頼光。

何よりも、季節違いの瓜に「呪あり」と見抜いてほかの三人の力を正しく誘導した晴明――。

「実資どのの言うとおりだ。今日のこの時この場に、どなたかひとりでも欠けていたらどうなっていたことか……。この藤原道長、深くお礼申し上げます」

そう言って道長が深々と頭を下げた。晴明たちは互いに小さく笑い合う。

「道長どの。頭を上げてください。物忌みはあと二日。礼は終わってからで」

「はい。……物忌み明けの蹴鞠で、道信が大怪我をしないとも限りませんし」

と道長が諧謔を飛ばすと、道信以外の一同は声を上げて笑った。

「兄上、ひどいではありませんか」

と道信が抗議すると、「大丈夫。骨が折れようとも私が治して進ぜよう」と丹波医師が請け合う。「何事も最初からうまくいくことはない。転んで怪我をして、だんだんコツをつかんでいくものですよ」と頼光が微笑みながら助言すると、「左様。精進あるのみ」と観修が目を細めて何度も頷いていた。

道信が実資に助けを求めるように顔を向ける。実資は眉を持ち上げながら、「きっちりしごいてやろう」とうそぶいた。

物忌みとは思えぬ和やかな雰囲気に、時が流れていく。

その後、道長の物忌みは何事もなく過ぎ去った。いきなり呪いが掛かった瓜が現れたため、さすがの道長もおとなしくしていたという事情もある。

物忌みが明けると約束通り蹴鞠をした。

実資と道信だけでなく、頼光や丹波医師、道長も参加したが、結果は実資の圧勝だった。

「二日も邸に籠もり切りだったから、体がなまってしまった」

と道長は言い訳していたが。「まだ若いのにほんの二日でなまるとは何事か」とかえって頼光から鍛錬を申し渡されていた。

道長のところから出ると、晴明はいくつか道を複雑に曲がりながら、婉子のところへ向かった。晴明は蹴鞠で埃にまみれた実資に苦笑し、その頭髪の乱れなどを指摘していたが、牛車の中で人形を作っているようだった。

婉子の邸へ着くと晴明ひとりで牛車から降りる。

「俺はいいのか」

「ああ。むしろいない方がいいかもしれぬ」

そう言って晴明はいま牛車の中で作ったばかりの人形を手に、邸の中へ消えていった。

それから二日たった。

昨日は秋雨が降って肌寒かったが、今日はからりと晴れて日差しが暑いくらいである。

この日、昼間での仕事を終えた実資は、再び晴明とともに牛車に揺られていた。

婉子のところへ行くのだという。

揺れる牛車の中で、実資は難しい顔をしている。

「どうした、実資。女王殿下のところへ行くのにそんなに緊張するか」

ちらと晴明のほうを見て、実資が答える。

「そうではない。先日の物忌みのことを思い出している」

「ふむ?」

実資が晴明に向き直った。

「ふむ、ではない。あそこにいた道信という若い男が、女王殿下に懸想しているので間違いないのだろ?」

「おそらくはな」と晴明が涼しげに頷いている。

「つまり、あの道信が生霊の正体なのだろ?」

「九分九厘」

実資は盛大にため息をついた。

「だったら、どうしてもっとこう、強く叱るなり何なりしなかったのだ。何もしていないのではまた生霊になって女王殿下を苦しめているのではないのか?」

晴明は声に出して笑った。

「ははは。なるほど。そう考えるのが普通だな」

「笑い事ではないぞ」

「ははは。すまぬ、すまぬ。おぬしがあまりにも女王殿下によい意味でご執心のようだから、つい」

「妙なことを言うでないっ」実資は耳まで熱くなり、物見を少し開けた。風が心地よい。

晴明は笑いを収めると檜扇を軽く開いて口元を隠した。

「あれで十分手は打ったのだ。むしろおぬしは期待以上にやってくれた。おそらくは、もはや女王殿下のもとに生霊は現れまい」

「どういう意味だ？」

晴明も物見を開けて風に目を細めながら、

「生霊はしつこい。祓っても祓ってもやってくる」

「そういう話だったな。だからこそ、生霊を放っている人物を説得して心を変えるのが手っ取り早い、と」

「とはいえ、心を変えるのは難しい。自分の心だって心底から性質を変えるには数年はかかるだろう。ましてや他人の心だ」

「おいおい。話が違うではないか」と実資が気色ばむ。「女王殿下が救われない」

「ではおぬしに聞くが、他人にとやかく言われたくらいで恋心を諦められるか。ましてやあのように大勢に囲まれて、素直に話が聞けるか」

実資の動きが止まった。顔をしかめ、またしても深く深く息をつく。

「――難しいな。ましてやあの年だ。初めて恋い焦がれた方かも知れぬ」

「ふふ。おぬしは本当にいい奴だな」

「だが、放っておくわけにもいかぬだろう」

そうだ、と頷いて、晴明は檜扇をぴしりと閉じた。

「そこで別の方法が必要になる。生霊となっている者よりも遥かに強い者——だいたいにおいて神仏や私の十二天将——を問題の生霊にぶつける」

十二天将とは本来は晴明ら陰陽師が占で使う六壬神課で使用する式盤にその名が記されている。晴明の場合は自らが使役する十二の神霊に式としてその名を与えている。実資の知っている範囲で言えば、晴明の邸の家政全般を見ている六合や、晴明の使いになったりあやしのものと戦ったりする騰蛇がそうだった。

「つまり、六合どのか誰かを女王殿下の寝所に侍らせて生霊の相手をさせるということか」

「そのとおり。さすがは日記之家の当主だ。ただし、もっとも重要なところはまだ答えにたどり着いていないかも知れないが」

「どういう意味だ？」

晴明が白皙の美貌の面立ちに楽しげな笑みを浮かべる。

「生霊となっている者よりも遥かに強い者、とは神仏や神霊とは限らぬ。今回であれば道信が心から『この人物にはかなわない』と思う相手ならば人間でもいいのだ」

実資は顎に手を当てて考えて、「道長か？　それとも養父の兼家か？」

晴明は首を横に振る。

「おぬしだよ。実資」

「……何だと？」

道信は蹴鞠がうまくなりたいと思っていた。蹴鞠の名人である実資に憧れ、「蹴鞠を教えてほしい」と頼み込んだ。

「道長どのの物忌みが明けてから蹴鞠の稽古をつけてやっただろう？」

「ああ」

実資にそのつもりはなかったのだが、結果として若い道信は泥だらけになり、ところどころ顔や手足をすりむいていた。実資の蹴鞠の技は大胆かつ繊細で、まるで鞠に命があって実資にじゃれついているように彼の望むとおりに自在に宙を舞ったものである。

その妙技の数々をまえに、実資はただただ感じ入っていた。

「あの若者は蹴鞠で実資にまったく歯が立たないと思い知った。これだけでもいけるかも知れなかったが、おぬしはそれ以上の姿を見せた」

「何？」

「人から悪く言われないだけの人生がいかに愚かかを、おぬしはきちんと語って聞かせた。おぬしにそのつもりはなかっただろうが、道信どのの心にはおぬしへの尊敬の想いが芽生え、日記之家の知識の重みと相まって賢人そのもののように見えていただろうよ」

「俺はそんな立派な人間ではない」

「年若い道信どのにはそう見えた。それが何よりも大事だったのだよ」

道信の生霊が絶対にかなわないと思って逃げ出す対象は、実資ということになったのだ。しばらく呆気にとられたようにしていた実資だが、事情がわかるとかえって驚愕して自分の顔を指さした。

「俺が、生霊に対抗できる存在だというのか」

「ああ」

「待て、晴明」と実資は右手を突き出す。「俺が生霊に対抗するとは、俺はずっと女王殿下の寝所に侍っていないといけないのか」

声が裏返った。

晴明が苦笑している。

「そうしなくてもいいように、すでに手を打ってある」

まさに狐につままれたように困惑する実資。ちょうど、牛車が婉子のいる邸へついたところだった。

婉子の局に通されたとき、実資はいつになく緊張していた。

初めて参内したときのようで、身の置きどころがないとはこのことかと考えている。鼻息が荒い、と晴明に苦笑交じりにたしなめられたが、自分ではまったく気づいていなかった。

先日のように几帳の向こうに人が入る気配がして、几帳の手前に女房たちがつく。先日と同じように見えながら、几帳の向こうの婉子の足音が局に入る直前に少し立ち止まったのは気のせいだろうか……。

「昨日までの雨が嘘のように晴れました。女王殿下におかれましてはいかがお過ごしでしようか」

と晴明が晴れやかな声で尋ねた。珍しいな、と振り返る。いつも冷静沈着で行く川の流れよりも精妙な男が、ずいぶん声を張ったものだった。

几帳の向こうで鈴が転がるように笑い声がした。

「ふふふ。昨日の雨も、いまの私には御仏が衆生（しゅじょう）に説いた法が変じた甘露の法雨のようでした」

「それでは、わが秘術は効きましたか」

「ええ。ふふ。たいへんよく効きました。一昨日（おととい）の夜、例の生霊は私に噛みつくどころか、近づくこともできず、小さな蚤（のみ）のような姿になって消えていきました。昨夜はもう出てきていません」

ふたりだけでどんどん話が進んでいる。いや、ふたりだけではない。几帳のこちらにいる女房たちも深く頭を下げて、「女王殿下の心痛を取り除いて下さり、心から感謝申し上げます」と礼を述べている。

ひとりだけ意味がわからなくなってきた実資が、晴明に顔を向けようとしたときだった。

「実資さまもこのような法力をお持ちの方だったとは。心から尊敬申し上げます」

「ええっ⁉」

思わず大きな声を出してしまった。

とうとう、晴明が笑いを嚙み殺す表情で種明かしをした。

「悪鬼も生霊もこの世ならざるものであることに変わりはない。となれば、肉の目で物事を見ているわけではない。相手の心の音色、心から発する匂いで相手を見ている。ゆえに、人形に『藤原実資』と書いて髪の毛の一筋も封じれば、あやしのものたちにはおぬしがその場に立っているように見えるのよ」

「何だって⁉」

と、再び大声になりそうなのを、慌てて手で押さえる。

道長のところから婉子の邸へ向かう途中、牛車の中で晴明が作っていた人形はこれだったのだ。そういえば、蹴鞠で乱れた頭髪を心配してくれるように振る舞っていたが、あのときに髪の毛を一本抜かれたのだろう……。

「私がさずけた人形は四つ。それぞれを寝所の四隅に置くようにとお話しした。すなわち、霊的に視れば四人の実資が女王殿下の寝所を護り続けているのだよ」

可憐な婉子の眠る四隅に自分が仁王立ちしているさまを想像しようとして、実資はやめた。そんな想像をしたら自分のほうがけしからぬ生霊を飛ばしてしまいそうだ。

「それにしても……実資さまに夜通し護られているかと思うと、少し気恥ずかしいような気もします」

「も、申し訳ございません……」

「いえっ、決していやな気持ちは、しません……」

「え……？」

晴明はそっと檜扇を小さく開いて口元を隠した。

早くも西に傾きつつある日が、黄金色の光を局に差し込ませていた。

第二章　蛇と女官と尼僧

婉子を悩ませた生霊騒動から四月が経ち、都は師走を迎えていた。

比叡おろしの吹きつける厳しい寒さの中、人びとは背を丸めて先を急いでいる。

年の終わりが慌ただしいのは古今東西変わらぬ。

新しい年を迎えれば、またたくさんの催し物があり、仕事がある。

その準備に追われながら、同時に自分たちも新しい年の準備をしなければいけない。今年やり残してあることがあれば、それにけりもつけねばならぬ。

人びとが一年の終わりを忙しくしているのは新年の喜びだけを励みにしているのではない。

年の最後の一日には大祓があるのである。

大祓は犯した罪とそれによって生じた心の穢れとを祓い清めるものだった。もともと穢れは気枯れ、つまり悪を犯したことにより清らかな心の気が枯れている状態としてのケガレを指すが、人形にそれらを移して祓うのである。

大祓は六月晦日の夏越の大祓と十二月大晦日の年越の大祓の二回があるが、やはり気持ちとしては一年の区切りであり、新しい一年を迎えるための年越の大祓は大切にされていた。

安倍晴明たち陰陽寮の者たちも忙しく立ち回っている。

ことに晴明ほどの陰陽師ともなれば大祓の儀式で祭文を読み上げる役目があった。だが、それだけではない。陰陽寮の仕事として新しい年の暦を作るのである。一年の時を刻み、いつ畑を耕し、種をまき、収穫すべき時とするか。それらを告げ知らせる大本は陰陽寮であり、天文博士として天の運行を見つめる晴明にもその責があった。

もちろん、宮中が忙しいのは論を俟たないのだが――。

この多忙な時期に、藤原実資は風邪を引いてしまっていた。

体がだるい。そのくせ、やたらと寒くて、実資は衾をどれほど重ねても歯の根も合わないほどだった。

「冬とはいえ、これはひどいのではないか」

と、ぶるぶる震えながら家人に愚痴を言ったところまでは覚えている。

それからしばらく、意識がない。

次に目を開けたらくっきりした青空の冬晴れの光の中、白い狩衣の見知った烏帽子姿が実資をのぞき込んでいた。

「ああ……晴明か——」

頰が熱でひりひりするのを感じながら、実資は友人の名を呼んだ。

晴明はいつもの涼しげな顔に気遣わしげな目つきをしている。そのせいか、どこか冬の鴨川の冷たさ厳しさをも感じさせるのは、風邪で実資の気持ちが弱っているからだろうか。

「風邪の具合はどうだ？」

「……ここ数年、健康そのもので来たのだがな。年を取ると風邪がきつく感じられるのはなぜだろうな」

「まだつらいだろう。あまりしゃべるな。——粥でも食べるか」

「……ああ。少し腹が減った気がする」

簀子にちょうど粥を持ってきた家人が控えていた。実資はそんなことにも気づかなかったのだから、まだ熱があるのだろう。

家人の話では丸一日眠っていたそうだ。

「年の瀬だ。疲れが出たのだろう。——起き上がれるか」

と晴明が自ら膝を進めて、実資の背中に手を回そうとしてくれた。

「すまない。——内裏に上がって、方々に挨拶して回って、どこかで風邪をもらったかもしれぬ」

「今年はいろいろあったからな。――ほら、粥を持てるか」

「ありがとう……。百鬼夜行に会ったり、蘆屋道満と会ったり。帝の落飾が最たるものだが。――ああ、うまいな」

と実資は粥を小さく口にして微笑む。あまり空腹ではないつもりだったが、口に溢れる米の甘い香りと、腹へ落ちていく粥の温かさ、力強さが心身に染みた。

「邸も燃えたしな」と晴明が苦笑する。

「そう考えると悪いことばかりだったようにも思えるが、いや、いいこともあったぞ」

「女王殿下と親しくなったことか」

実資が粥を吹いた。

「ごほっ、ごほっ」

「冗談だ」

「冗談が過ぎる。ああ。また熱が出てきた」

残りの粥を半分ほど食べて、実資はさじを置く。晴明が懐から小さな紙包みを取り出した。

「先日、道長のところで一緒になった丹波医師から薬をもらってきた。飲むといい」

「何から何までありがとう。……さっきの話だがな、いいことというのはおぬしという知己を得たことだ」

晴明は湯冷ましを用意しながら、笑った。

「ふふ。現世にいるのか、常世にいるのかわからぬ私がか」

「ああ。おぬしと知り合ってから、楽しい」

薬を飲んだ実資が再び横になる。

「もう少し眠るといい」

ああ、と目を閉じようとした実資が、天井を見つめたまま話を始めた。

「そういえば、先ほど妙な夢を見た」

「ほう？」

「烏の巣を少し上から俺が覗いているのだ。宙に浮いているような感じだったな。巣には烏の子が四羽いて、母烏があやしていた。冷たい風から子供たちを守っていたのさ。父烏は餌を取りに行っているらしい。しばらくして、別の烏が巣の側に現れた。雄らしかった。新しい雄の烏はしきりに母烏にかあかあ言っていた。母烏は新しい烏にあっちへ行けと羽を動かしていたが、いつの間にか打ち解け、とうとう新しい雄の烏と母烏はどこかへ飛んでいってしまった」

「ふむ」

「子烏たちが母を求めて鳴いているのに、母烏はもう振り返りもしなかった。そこへ父烏が帰ってきた。母烏がいないのを不審に思うが、子烏たちは鳴くことしかできず、何があったかを話せない。父烏は子供たちに取ってきた餌を与えると、今度は自分が母烏のように子供たちを風から守るために巣の中で子供たちをあやし始めた。だが、これでは餌を取りに行けない。餌を取りに行けば冷たい風で子供たちが死んでしまう……。結局、父烏と四羽の子供たちは、互いに巣の中で身を寄せ合いながら飢えて死んでしまった。――そんな悲しい夢だった」

「かわいそうな夢だったな」

「ああ。不思議な夢だった」

庭で雀の鳴き声がしている。

「実資よ」

「何か」

「風邪というものは、どうして起こるか知っているか」

実資は目だけ晴明のほうに向けた。

「疲れがたまったり、寒い格好のまま寝てしまったり――たぶん、おぬしが聞いているのはそういうことではないよな?」

おそらく、先日の奇病がそうであったように、目に見えぬあやしのものの作用のことを言おうとしているのだろう。だが、熱でそこから先には頭が回らない……。

晴明が穏やかに微笑んで言った。

「風邪というのも一種の祟りというか、憑依ということさ。憑いてきているあやしのものは、小さな虫たちなどが死んだあとの群れの霊のようなものでな。寒い季節はもちろん、急に冷えたときにも風邪はよく起きる。寒さで虫たちが一斉に死んでしまって、彼らも無念の死を遂げるからなのだよ」

古来、風邪を完治する薬は発見されていない理由のひとつでもあった。いかに丹波医師が名医といえども、煎じた薬は体を温め、精を甦らせる類のものでしかないのである。同時に、風邪が死んだ虫たちの霊の集合体であればこそ、陰陽師や密教僧の修法で取り除いて治せるし、俗に「風邪は誰かにうつせば治る」などと言われるのも、ゆえなきことではないのだった。

「なるほど。では、風邪をもらったかもしれない、と思うのはあながち錯覚ではないのだな」

「その通り。ただ、誰でも彼でも風邪にはならない。やはり心身に疲労がたまっているときに、気が枯れ、そのケガレに風邪がやってくる」

要するに「疲れていた」ので「憑かれた」のである。

「そんなに無理をしたつもりもないが……」

「風邪は万病のもとども言うが、一病息災とも言う。おぬしの体が休みを欲してあえて風邪になったかも知れぬしな。——そういうわけで、いま私は迷っている」

かなり珍しい物言いに、実資は目だけではなく顔全体を白狩衣の陰陽師に向けた。

「おぬしが、迷う――?」

「わが陰陽道（おんみょうどう）の呪（しゅ）をもってすれば、おぬしの風邪を吹っ飛ばすことくらい容易なのだ。だが、年の瀬とはいえ少しは休みたいということであれば、あえて治さずにゆっくり休養を取るべきだとも思っている。どちらがいい?」

実資は声に出して少し笑った。

「はは。なるほど、陰陽師というものは俺のような俗人ではわからぬ悩みを持っているものだな」

「陰陽師とはそういうものだからな」

実資はまた天井に顔を向け直した。

「大祓は神祇令（じんぎりょう）に従って行われる。毎年二回のことだから、みなだいぶこなれてはいるが、毎回いくつかは私が過去の事例から解釈を定めないといけないところが出てくる。その手の問題が発生するのは前々日あたりだから……」頭の中で日付を確認した実資が晴明にもう一度顔を向けて、苦笑する。「もう数日寝ていたい」

「わかった」

晴明はにっこりと笑った。

丹波医師の薬のおかげか、晴明の訪いがあったからか、その日の夜には実資の具合はだいぶ楽になっていた。とはいえ、立ち上がろうとすると四肢に力が入らず、ふわふわとしている。実資の要望どおり、あと数日は寝ているべき状態だった。

さらに三日が経ち、ほとんど元気になった実資のところへ、あらためて晴明が訪ねてきた。実資はまだ少しふらついたが、寝所に来てもらうのも気が引けたので、母屋へ自らも移動した。

「やあ、晴明。先日はありがとう」

と簀子を渡ってきた晴明に声をかけると、向こうも片手をあげて応じた。

「ああ。すっかり元気そうだな。よかった。実はそこである方と一緒になってな。おぬしへの見舞いにとのことだったので一緒に来たのだが、よかったか」

「それはかたじけない。もしかして、道長どのか」

「いや、違う。なぜそう思ったのだ？」

「今日、見舞いに来ると手紙があったのでな」

晴明が母屋に入って腰を下ろして簀子を促すと、衵扇で顔を隠したひとりの女房らしき女性が入ってきた。品のある薫香が母屋に広がる。この薫香には覚えがあった。

「もしかして、典侍どのか」

「左様でございます。覚えていていただけて、光栄に存じます」

と祖扇の典侍が感謝の言葉を述べる。

「こちらこそ、風邪が治りかけのぼやけた姿を晒して申し訳ない」

と実資が背筋を伸ばそうとすると、晴明が苦笑して止めた。

「典侍どののまえで格好をつけたい気持ちはわかるが、まだ十分力が入るまい」

実資はさりげなく脇息に腕を置きながら、

「やれやれ。陰陽師というのは変なところまで見通すものなのだな」

「それが陰陽師というものだからな」

男同士で気の置けない会話をしていると、典侍がゆかしく微笑んだ。

「お風邪で何日も寝込んでいると伺いまして、主とも胸潰れる想いでしたが、よくなられたようで安心しました」

「ええ。おかげさまで」と熱で脂になった髪を軽く梳きながら、実資はあることに気づいた。「主とも……？」

すると典侍は軽く頭を下げた。

「ああ、そちらのご挨拶がまだでございました。帝の代替わりに伴い、私、後宮から下がったのです」

「左様でございましたか」

　これは珍しいことではない。帝が代替わりすれば、人事も刷新される。先の帝の后だった婉子を含めた三人の女御とその女房たちも後宮から下がったし、実資自身、頭中将として左近衛中将と兼務していた蔵人頭を罷免されていた。

「母はすでに亡く、父親も他界したばかり。どこか親族のところへ身を寄せるか、両親の菩提を伴うべく出家しようかと考えていたところ、為平親王さまのところへ戻られた女王殿下からお声をかけていただいたのです。殿下の女房とならないか、と」

　両親の菩提を弔いたい気持ちはわかるが、もう少し自分の側で昔のように気の置けない交流をしてくれないかと婉子から直々に誘われれば、否とは言いがたかった。典侍の両親の供養は女房をしながら折々に写経などをしてはどうか、その配慮はする、と婉子が言ってくれたのも背中を押してくれた。

「なるほど。ではいまは女王殿下の女房として……？」

「はい。先月からお仕えしています。もっと早くに後宮から下がりたかったのですが、引き継ぎなどで手間取ってしまいまして……」

「そうでしたか」と実資と晴明が笑顔で互いに頷き合っている。

　もともと典侍とは彼女が後宮で就いていた官職名で、先に述べた内侍司の次官を表すのだが、この時代は夫や親兄弟などごく親しい人以外、女性の本名を知らない。そのため、父親の名に「女」や息子の名に「母」などか、官職名などの女房名で呼ばれるのが普通だった。典侍の場合、すでに内侍司を下りている以上、別の名で呼ぶべきなのかも知れないが、いまも婉子のところで典侍と呼ばれているそうだ。

　不意に典侍が赤面した。

「私ったら、自分の話ばかり。申し訳ございませんでした。懐かしさに思わず……」

「とんでもないことです」と実資は笑いながら頭を下げる。久しぶりに朗らかに笑って力が湧くようだった。

　典侍が持ってきた包みを前に出した。

「女王殿下からお見舞いの品です。奈良で採れる葛の根です。葛湯にしてお飲みいただければ、寒い冬でも暖まります」

「これはこれは。お気遣いいただき、まことにありがとうございます」

「実資さまにずっと守っていただいているので、以後、同じことは起きていません、との伝言です」

　典侍は婉子から先日の生霊騒動についても聞いているそうだった。

　途端に実資は顔が熱くなった。また熱が上がったかもしれないと思う。咳払いを何度かしてごまかす実資に代わって、晴明が葛を受け取っていた。

「女王殿下も典侍どのがいれば何かと心強いでしょう」

と晴明がそっと微笑むと、典侍もつられるように微笑む。だが、何かを思い出したようで、その笑みに複雑な色が混じる……。

「もし女王殿下にそのように思っていただければ幸甚なのですが」

「きっとそうですよ」と実資も励ますような声をかけた。

典侍はかすかに恐縮したようにして、こんなことを言った。

「帝が替わって内侍司も大幅に入れ替わりました。私のように新しい主を見つけられた方もいれば、世を儚んで出家してしまわれた方もいて……。私、自分だけが幸せを得てしまったようで何か申し訳なく……」

「おやおや」と晴明が白い狩衣の袖で口元を押さえるようにする。

実資はやや険しげな顔をした。

「そんなことを言ってはいけません。典侍どの」

「実資さま……」

「古来、帝の代替わりのときには大勢の人に影響が出てきました。新しく用いられるものがある裏では、必ず誰かが野に下る。ちょうど四季が巡るように、あるいは新しい遣水が注ぎ込むように、人の入れ替えがあればこそ内裏も、その一部の後宮も、健全な姿を保てるのです。結果、幸せになる者あり、不遇になる者あり。あとはその者の努力次第というもの」

「はい……」と典侍が神妙に頷く。「実資さまのおっしゃるとおりだと思います」

するとと、実資は不意に相好を崩して頭をかいた。

「――なんて、偉そうなことを言っていますが、私も蔵人頭から外された身ですけどね。これはこれで身軽でいいものですよ。ははは」

典侍が目を丸くしている。晴明が小さく吹き出すと、典侍も笑い出した。

「ふふ。実資さまったら」

晴明も朗らかな表情を見せた。

「まったく。実資は自らが病人だというのに他人を笑わせようとするのだから」

「笑う門には福来たる、だからな」

その様子にまた微笑んだ典侍が、再び難しげな表情になった。

「いまの実資さまのお話を伺って、あらためてご相談したいことがあるのですが――もちろん全快されてからでよいので、お力になっていただけますでしょうか」

実資が表情豊かに頷く。

「もうすでに熱は下がっています。明日には久しぶりに内裏へ顔を出そうと思っていましたから、このままお話し下さって結構ですよ」

典侍はどうしたものかと晴明に視線を向けたが、晴明が「そう本人が言っていますから」と先を促す。

「実は先ほど話した、内侍司にいた知人のことなのですが……」

と典侍がぽつりぽつりと話し出した。

典侍の知人のひとりが、新しい帝になって程なくして出家した。

まだ典侍よりも年下で、美貌にも恵まれた聡明な女官だったが、都からそう離れていない清水のほうにある尼寺で髪を下ろし、妙春という法名を授かったという。

ところが、妙春は修行にあまり身が入っていない。

彼女は俗人の頃、乱行で知られた下り位の帝の手がついた女官のひとりだった。

それも、どちらかといえば彼女自身が望んでそのようになったというべきらしく、実際にお手つきとなってからはそれを誇って言いふらしていたという。

若く美しいだけではなく、もともとそのような多情の気があったのだろう。

当たり前だが、出家修行は自らの煩悩を断っていくものである。

「宮仕えではいろいろなことがあっただろうが、それらをすべて捨てて、まっさらな心で修行に打ち込むのです」

と師の尼僧から励まされ、その場では修行の決意を固めるものの、どうにも修行に身が入らない。墨染めの衣より、色とりどりの唐衣にまだまだ未練はあるようだった。

女の身とはいえ、若さと元気に溢れた妙春には、出家修行はなかなか厳しいらしい。

そんな妙春だったのだが、つい先日来、修行に対する姿勢が落ち着いてきたとか……。

「やっと修行に打ち込む気持ちになったのですね」

と師の尼僧は喜んだが、それは違っていたのである。

「精進いたします」と答えた妙春の目つきはこれまで以上にあやしげな光を帯びていた。そのあやしげな目の輝きだけではなく、数日経つとむせるほどに女の色香が立ち上りはじめた。

修行を進めているはずなのに、ますます妖艶さを増していくとは――。

これは尋常なことではない。

師僧が調べたところ、昼間は修行の真似事をしているのだが、夜になるとどこかしらへ行く。こっそり別の尼をやると山の中の洞窟へ妙春がひとりで入っていくという。

妙春はそこで大蛇を自らに巻き付け、まぐわい、愉悦に震えていた。

蛇の情欲は激しい。

その交尾は半日続くこともあるという。

「あなや」と後をつけた尼が叫ぶと、大蛇は逃げだし、あられもない姿を見られた妙春はしくしくと泣き出した。

「私はなぜこのようなところにいるのでしょうか。なぜこのようなあさましい行いをしているのでしょうか。――ああ、いっそ死んでしまいたい」

尼寺に戻って師僧があらためて事情を聞いてみると、夜中、かかる場所でかような行いをしていた自覚はなく、先ほど初めて自らの痴態を知ったと泣いている……。

これは自らの手に余ると思った師僧は、自分以上に神通力や法力にすぐれた密教僧に妙春のために悪鬼調伏の祈禱をしてもらった。

だが、三日も経たないうちに、夜、妙春の意識がないままにさまよい、大蛇とまぐわおうとする。

再び祈禱が執り行われ、しばらく正気になり、またおかしくなる——その繰り返しが続いていたそうだ。

還俗させようと師僧も考えたが、本人は夜のことを覚えていないし、昼間は泣き暮らして「お見捨てにならないでください」「お救いください」と懇願するため、頭を悩ませていたのだが……。

数日前から、妙春は尼寺から姿を消してしまったという——。

狩衣の両袖を合わせて静かに聞いていた晴明は、小さくため息をついた。

「最初に還俗させてしまうべきだったのだ。いや、そもそも出家などさせないほうがよかったのかもしれぬ」

いきなり結論へ飛躍したような言葉に、実資が顔をしかめる。

「晴明——」

「すまぬ。おぬしひとりではなかったな」

そういう問題ではないと思うのだが、実資は気を取り直して典侍に声をかけた。

「かつての知人とはいえ、そのような怪事に巻き込まれ、お心を痛めていることでしょう」

「恐れ入ります……。昨日、たまたま清水寺へ女王殿下と参詣したおりにかような話を小耳に挟み、私も途方に暮れる想いがしています」

「その妙春どのがどこへ行かれたかは、相変わらず……？」

「はい。ただ、その尼寺の方の話では、姿を消す前日、奇怪な言葉を言い残していったとか……」

「それはどのような言葉ですか？」

典侍が思い出すように少し目を動かして、こんな言葉を言った。

——生まれてくる子は帝の子か、

はたまた藤原の子か。

どちらにしても龍の子よ。

実資は顔をしかめた。自分で聞いておきながらだが、耳にして気持ちの悪い言葉だ。

「晴明。これはやはり――」

ああ、と晴明が頷き、檜扇を小さく開いて口元を隠した。「あやしの者に取り憑かれているな」

あなや、と典侍が驚き、嘆く。

「晴明。何とかしてやれないものか」

「何とか、と気軽に言うがな、実資。まずどこへ行ったのかもわからぬではないか」

「むっ……。そうだ。たとえば、下り位の帝を慕って、落飾された寺へ向かったとかいうことはないだろうか」

「尼となった女官に、出家した帝が食指を動かすかは微妙だがな」

と晴明が苦笑する。

まったくくだらない話だと切って捨てられない噂もあった。出家した帝は、相変わらず乱行が止まらないというのだ。

典侍の耳にもかすかに届いているらしい。

「出家したら多少は鎮まるかと思ったのだが、帝は相変わらずらしい……」

と実資がため息をつく。

内裏にいないだけ、悪影響が減ったのはよかったと見るべきだろう。

「形ばかり出家の体裁を整えてもまったく意味がないさ。小人閑居して不善をなす。大切なのはあくまでも心の修行だからな。だからこそ、われら陰陽師は普通の役人と同じ格好でありながら威神力を発揮できるのだよ。──まあ、実際に出家した帝のところへ行けばさすがに今度こそ周りの者が気づくだろう」

落飾の折には腹心之臣二名も一緒に髪を剃っている。

「それこそ、おぬしの占で何とか見つけられぬのか」

実資の無理難題に晴明が何か言い返そうとしたときだった。家人が簀子から「藤原道長さまがお見舞いにお越しくださいました」と声をかけてくる。

「通してくれ」と実資が返事すると、典侍が慌てて暇乞いをしようとした。

「道長さまがお見えになるなら、お邪魔でしょうから……」

「いてくださって構いませんよ。道長どのこそ、用が済んだらさっさと帰るでしょうから。それに典侍どののほうは、まだ先ほどの件が宙ぶらりんになっている」

典侍が納得して再び腰を落ち着けると、早くも簀子をずんずん歩いてくる音がしている。

藤原道長だった。

「実資どの。風邪と聞いたが、どうだ」

道長は大声で呼びかけるが、晴明がいたのを見て恐縮し、典侍もいるのを見て赤面する。

「まったく騒々しい奴よ。風邪のほうは逃げてしまうかもしれぬが、こちらの心の平穏もどこかへ行ってしまったわ」

と実資が苦笑する。

「すまぬ、すまぬ。もっと早く来るつもりでいたのだが、出がけに奇異なことがあってな」

「ほう。何があった」

するとの道長がこういった。

「記憶を失った尼僧が行き倒れていたのだよ」

さすがに実資たちは怪訝な表情になって互いに視線を交わし合う。ひとり、道長だけが「何かあったか」と周りを見ていた。

実資はまた軽く熱が出たようにめまいがする……。

翌日、あらためて実資と晴明、典侍の三人は道長の邸へ行き、行き倒れていたという尼僧を確かめた。典侍が物陰から素顔を確認し、「妙春どので間違いありません」との証言を得ていた。

行き倒れの尼僧を妙春と特定し、典侍は婉子のもとへ戻る。妙春とはそれほど深い付き合いではなかったし、気にはなったが、どのようなあやしのものが影響を与えているかわからない状況で、うかつに接触しない方がいいだろうと晴明が判断したからだった。

目を覚ました妙春は上体を起こしただけの姿で呆(ほう)けたように動かないでいた。

乾いた風が木々を揺らし、茶色くなった葉がかさかさと音を立てる。

妙春は何の感情もなくその景色を眺めていた。

師走の光に照らされた妙春は、髪を下ろしたいまの姿でさえも、愁いを帯びてどこかなまめかしい。

向こうでしきりに犬の鳴き声がした。道長の飼っている犬らしい。

その様子を少し離れた簀子から眺めながら、実資と道長は難しい顔をしていた。

「何か変わったことはあったか」と実資。

「いや。昨夜は特に何もなかった」と答えた道長が、唸(うな)る。「ううむ……。晴明どのの説明を疑うわけではないのだが、あの尼僧がさような真似をするとは……。世の中、恐ろしいことはいっぱいあるのだな」

「俺(おれ)もそう思うよ」

と実資が同情すると、道長が眉をしかめた。

「まったく。政(まつりごと)の怖さと比べれば、行き倒れの尼僧くらいと思って手を貸したのが間違いだった」

「おぬし、人助けがまちがいだったなどとぬかすか」

「冗談だ。左中将どのは怖いなあ」

「何事も見かけで判断してはいけないものですよ」

と、口を挟んだ晴明が冷ややかに妙春を見つめていた。

すると、道長が申し訳なさそうに言う。

「これから、まえまえから決めていた参詣に出かけるのだが、大丈夫だろうか」

「あまりよろしくはないでしょう」

と晴明が冷静に答えた。

「先日、ある祈禱をお願いして、そのお礼参りなのだ。神仏への礼を失するわけには行かないだろう?」

「それはそうだな」と実資のほうが考え込んでしまった。「晴明。何が不都合なのだ」

「あの尼僧の狙いがまだ私にもわからない」

先に実資が言ったように、法皇となった下り位の帝のところへ走った、というなら、出家前の快楽が忘れられなかったと理解もできる。下世話な言い方をすれば、昔の男が忘れられなかった、というようなものだ。

ところが、道長の邸の門前で行き倒れていたという。

これが、道長の父の兼家のところで倒れていた、ならまだわかる。帝の落飾という変を起こした首謀者への何らかの恨みなり復讐なりのために近づこうとした可能性が浮かぶからだ。

なぜ、いま、道長なのか。

何事も偶然はない。この行き倒れにも理由があるはずだ、となればもっとも警戒すべきは道長への呪(のろ)いである。

「すでに師走。大祓も近いいま、神仏へのお礼参りに行くくらいは何とかできぬものか」

しばらく考えて、晴明が実資と道長に言った。

「反閇(へんばい)を踏むか」

晴明が持ちかけたのは陰陽師の秘法のひとつである。帝をはじめとする貴人が神拝など外出の際に邪気を封じ込めて道中の安全を祈願する。

助かる、と頭を下げた道長がさっそく出立の準備をはじめた。

「あの尼僧は放(ほう)っておいていいのか」

「よくはないが、反閇の間は私はここにいられない。誰か道長の信頼できる者に見ててもらおう」

そんな話をしていたときだ。

先ほどからときどき聞こえていた犬の鳴き声がひどくなった。それに道長の声が重なる。最初のうちは「よしよし」とあやしているようだったが、一向に鳴き止(や)まない犬に対して、

「おい、やめろ」と道長の声がだんだん真剣味を帯びている。

実資が不審に思っていると、晴明のほうが先に動いた。

「晴明？」

「いささか気になる」

行ってみれば道長の狩衣に犬が嚙みついているではないか。

「こら。やめぬか」と道長が強めに叱ると犬は嚙むのをやめ、少し離れて吠え立てる。道長が門のほうへ行こうとすると再び狩衣に嚙みついた。

器用なもので、狩衣に歯形が目立たないように嚙みついている。

「どうした、道長。飼い犬にまで嫌われたか」

と実資が毒舌で尋ねると、道長が顔をしかめて、

「そんなことはない。ただ、いきなりこいつが吠えるわ嚙みつくわ……何か恐ろしいものに取り憑かれたのではないか」

道長の愚痴を実資は一笑に付そうとしたが、晴明のほうは存外真面目な顔で犬の様子を見つめていた。

「これは——当たらずとも遠からずかもしれぬ」

「お、晴明どの。やはり、この犬、何かに取り憑かれているか」

「取り憑かれているのは犬ではないと思われます」

どういうことだ、と実資が問うと、晴明はかがみ込んで道長の犬へ手を伸ばした。犬は晴明の手の匂いを嗅ぐ仕草をしていたが、すぐに晴明に撫でられるに任せた。

「陰陽師というのは犬を手なずけるのもうまいのだな」

「そういうわけではない。ただ安心させてやっただけだ」

「安心？」

「『おぬしの主は大丈夫だ』と心の中で言い聞かせてやったのさ。──さて、反閇を急ごう」

晴明と、出立の準備をした道長が門前に立った。

儀式に際しては、陰陽道においてまつられる方位神である玉女を招聘する。

右手を刀印に結んだ晴明が小声で呪を唱え始めた。

「南無陰陽本師・龍樹菩薩・提婆菩薩・馬鳴菩薩・伏儀・神農・黄帝・玄女・玉女・師曠・天老──」

勧請呪、天門呪、地戸呪、玉女呪と複雑な呪が続き、神々の来臨と守護を祈る。

その呪によって、周りの空気が一変したのが実資には感じられた。

もともと、この世ならざるものを見る見鬼の才の片鱗をうかがわせていた実資だが、安倍晴明という稀代の陰陽師と行動を共にして、ますますその才が表に出てきているのだろう。

晴明の眼前に、飛鳥の頃の衣裳をまとった美女が現れた。

だが、肉身の存在ではない。その証拠に玉女の向こうの景色が透けて見えるし、そもそも少し宙に浮かんでいる。桃色の羽衣は風もないのに彼女の肩の上に浮かび、たなびくように揺れていた。

おお、と実資は思わず声が出たが、道長は不思議そうに実資を小さく振り返っただけだった。彼には視えていないようだ。

その間にも儀式は進み、晴明は刀をとって万邪を断絶するという刀禁呪を行じたあと、刀を収め、今度は縦横に刀印を振るっている。

次いで、晴明が不規則に歩を進め始めた。禹歩と呼ばれる歩行法である。

一見すると酒に酔った千鳥足にも見えるが、大陸の古代王国を治めた禹王にちなんでいる。

禹王は治水のために国中の山川を渡り歩いた結果、足を病んで片足を引きずるようになったといわれ、その歩き方に由来しているのだった。

「臨・兵・闘・者・皆・陣・列・在・前――」

晴明が歩を進めた足跡が光っているように実資には見えた。

その足跡をなぞるように、道長も門から出る。道長が禹歩の最後を踏み切ると、玉女が柏手を打った。禹歩の足跡が光でつながれ、道長が出ていこうとする方向へ放散した。行くべき方位の邪が祓われたのだ、と実資は思った。

あとを振り返ってはならぬ決まりなので、道長はそのまま牛車に乗り込んで出ていく。

気がつけば玉女の姿は朝靄のように消えていた。

反閇の儀式を終えた晴明は、鞘ごと刀を持ちながら鋭い目つきで「騰蛇」と、自らが使役する十二天将のひとりの名を呼んだ。

「ここに」

と晴明のすぐ横に、奈良時代の衣裳の男が膝をついて現れる。

先ほどの玉女と違って晴明がいつも手足としている式であり、肉身をもったように具現化していた。引き締まった身体と精悍な顔立ちをしている。陰陽五行説でいえば火に当たり、十二支でいえば巳であり、夏と南東を司る凶将だった。

身につけている衣裳は百数十年前の律令の定めに従った当時の装束だが、騰蛇が身につけると不思議と古びたような印象を与えない。

騰蛇は多少粗野なところもあったが、晴明への忠誠心は本物だった。

「道長どのの犬が激しく吠え立てていた。見ていたか」

「はい。あの犬はわかっていたようですね」

と晴明主従で話が進んでいく。

「わかっていた、とはどういうことだ？」

実資が問うと、騰蛇が立ち上がった。背は実資より高い。

「道長とこの邸に、種々の呪がかけられていることさ」

騰蛇の答えを聞いて、実資は思わず「またか」と言ってしまった。

晴明が苦笑いで答える。

「そう。また、さ。道長どのに反省がないのか、道長どのをどうしても潰しておきたいのか、あるいはその両方か。いずれにしても、物忌みのときと同様に呪物がこの邸にいくつかあるようだ」

「さっき言っていた、『犬はわかっていた』というのは？」

「犬猫などには、われわれ人間の肉眼では見えないものが見えるのだよ。百鬼夜行などがいい例で、人間たちが気づくよりも先に犬や猫が反応をする」

「先ほどの道長の犬もそうだった、と……？」

「ああ。だから嚙みつくにしても、なるべく狩衣の目立たないところを嚙んでいたのだろうよ。——騰蛇。私の見立てでは三つないしは四つだ。探してこい」

いまの晴明の話が本当なら、人間よりよほど賢く、冷静な犬だったと言える。

晴明の命を受けた騰蛇が邸をくまなく探しに消えた。

呪の込められた人形や呪符を三つばかり見つけてきた。

晴明はそれらに呪を唱えて、難なく祓ってしまう。

仕上げとばかりに、呪いの消えたそれらを騰蛇が神通力を用いて燃やした。

「晴明が言ったとおり、三つだったな」

と実資が言うと、騰蛇が首を横に振った。

「いいや。主がおっしゃったとおり、四つだ」

そう言って騰蛇は妙春を顎でしゃくって見せる。

妙春は相変わらず無言で冬空を見つめていた。


その日の夜――。

晴明のおかげで寺へ参詣した道長は無事に戻ってきた。

夕餉を済ませた道長が寝所に入る。

やがて家人たちも眠りにつき、邸が静まりかえった。

足元から寒さがこみ上げてくる冬の夜である。

木々も身じろぎせず、寒さに耐えているかのようだった。

満月である。

格子が開く音がした。

身に沁む寒さの中、誰かが簀子へ出た。

足音が軽い。

それもそのはず、夜中の簀子へ出てきたのは尼僧・妙春なのである。

妙春はまるで道を知っているかのように、迷うことなく簀子を渡っていく。

昼間の呆けていたような表情とは別人のように、精力に溢れ、ぎらぎらと目を輝かせ、舌で唇を濡らしている。

簀子にいたのは妙春だけではなかった。どこから入り込んだのか、男の太ももほどの厚みを持った大蛇が側にいる。

大蛇がちろちろと舌を出し、そのたびにいやな音がした。

妙春と大蛇はある格子の前で歩を止める。

道長の寝所だった。

妙春が右手を差し出すと、格子は生き物のようにひとりでに開いた。

不意になだれ込んだ夜の寒気に、道長が飛び起きる。

「誰だ⁉」

大蛇が鎌首をもたげ、妙春にまとわりつく。妙春がなまめかしい息を漏らし始めた。

月明かりに照らされながら、尼僧と大蛇がまぐわいはじめる。

道長がおぞましさに腰を抜かしていると、尼僧は目を輝かせながら彼の若い肉体に手を伸ばした。

尼僧が道長を誘惑する。

——道長よ。

さあ、わらわの身体を味わうがよい。

道長よ。わらわは天女ぞ。

帝も夢中になって貪った身体ぞ。

わらわを抱き、わらわを貫けば法悦とともに至上の権力が手に入る。

さあ、道長よ。わらわにそなたの子種を授けるのじゃ——

道長が悲鳴を上げて逃げようとする。

そのとき。

道長の寝所の影から、晴明と実資が現れた。晴明は右手を刀印に結んでいる。

「ひがしやまつぼみがはらのさわらびのおもいをしらぬかわすれたか」

　呪を唱えるとともに、短い毛のようなものを尼僧と大蛇に投げつけた。

　しゃああ、という醜悪な音が大蛇の喉から発された。大蛇がびくりと痙攣し、そのまま力を失って倒れる。大蛇が抜けた妙春はそのまま悲鳴を上げてこちらも倒れ込んだ。

「大丈夫か。道長どの」と実資が声をかける。

「ああ……何とか。だが、これは一体？　夕べはこのようなことはなかったのに」

「さて。人によっては満月の頃に情欲がたぎるものもいると聞いたことはありますが……」

　実資が灯りをつけ、晴明の側に持ってくる。

「晴明。先ほどは一体何をしたのだ」

「蛇除けの呪を唱え、猪の毛を投げつけたのよ」

「何だと？」

「かつて蛇に襲われ、蛇に犯された娘がいた。そのときに蛇を追い払うのに使ったのが、黍の藁を焼いた灰から作った薬に猪の毛を刻んだものを混ぜたもの。猪の毛は蛇の陰茎を刺し、その精もすべて殺しきったそうだ」

　晴明は実資から灯りを取ると妙春を照らし、顎で実資に示す。

のぞき込んだ実資と道長は「あなや」と異口同音に驚愕の声を発した。

そこには若く美しい肉体を持った女の姿はなく、齢七十は超えたであろう老婆の、枯れ枝のようなしなびた肉体があるだけだったのだ。

すでに妙春は事切れていた。

「おそらく、尼寺で大蛇に犯されたときには、すでに若さはすべてを吸い取られていたのだろう。だが、かの大蛇とまぐわいつづけることで美貌を保っていた――」

「何という、恐ろしい……」

「愛欲とは業深いもの。自ら進んで帝にもてあそばれて心を情欲に翻弄され、かつて蛇に犯された娘の死霊と同種のものに取り憑かれたのだろう。そして今度は道長どのの若さと精を食らいつくそうとした」

道長が黙って顔をしかめ、老婆となった妙春を見つめている。

「晴明。先ほどの話に出てきた蛇に犯された娘はどうなったのだ?」

と実資が問うた。

「蛇から解放されたときに『夢のようだった』と言ったそうだ。周りはあまりのことでよく覚えていないのだろうと解釈したが、蛇とのまぐわいは夢のような快楽だったと娘は恍惚としていたのだよ」

「…………」

「数年経って再び蛇に襲われて死ぬが、そのときにははっきりと蛇に『生まれ変わってもまたあなたと契りたい』と誓い、愛欲の心のままに死んだ。そして地獄に堕ちた、とも」

「ひどいものだな」

「その娘と同じ心があったから、この妙春は娘の死霊に取り憑かれたのさ」

月が西の方に傾いていこうとしている。

「尼僧の身でありながら、このような恐ろしい……」

と道長がうめくようにした。

「結局、この女性にとっては尼僧というのは官職の一種でしかなかったのでしょう。大切なのは心。形だけ髪を下ろせばそれまでの罪と心の穢れがすべて許されるなら、全員いますぐ禿頭となれば地獄はなくなりましょう」

だが、地獄は厳然として存在する。

結局、心の本音のところで何を求めていたかが人生を分けるのだった。

「では、年越の大祓も無意味なのか」と実資。

「そんなことはない。われら陰陽師が神仏にお願いして、神仏の許しをいただく儀式でもあるのだから効かぬことはない。人間、生きていればどうしても心に塵も垢も積もる。ケガレを祓って、新しい一年は正しく生きるぞと決意する心はすばらしいものだ。だが、大祓があるからと破倫の限りを尽くせば、それは堕地獄の業だろう」

煩悩(ぼんのう)に濁ったまま死した妙春の目が、無言でこちらを見ている。

「俺が熱を出したときに、母烏が夫も子も捨てて、別の烏とどこかへ行ってしまう夢を見て、畜生とはひどいものだと思ったが、人間の欲望も似たり寄ったりか」

「死んだあとの世界には畜生道というところもあるというからな。だがそんなあさましい心は誰の心にも多かれ少なかれあるのだ」

「熱に浮かされていたとはいえ、もう少しましな夢を見たいものだよ」

「今回のような出来事をまえもって夢で見ていたのかもしれないな」

誰の心にも、夫や子を捨てた母烏のような不倫の心や大蛇に身を委(ゆだ)ねた妙春のような愛欲の心はある。だが、それに執(と)われるかどうかは、文字通り己の心ひとつが決めるものなのだ。

「大祓を機縁として、自らの心を励まし正しく生きようと善なる種をまく努力が大事だと言うことか。ただし、正しく生きようと思っても生ききれない人間の弱さのために、幾度も大祓の機会がある、と」

晴明が朗らかに笑った。

「ははは。さすが日記之家(にっきのいえ)の賢人は違うな。病に効く薬があるからと言って、進んで病になるなということさ」

道長が感心したようにため息を漏らす。

「はあ……。おふたりの話を聞いていると、実にためになりますな」

これには実資も思わず苦笑した。

「晴明の話はともかく、俺の話は誰もが知っていることだ」

「誰もが知っていても、誰もが行えるわけではありませんよ」

実資が不思議そうに道長を見た。

「おぬし、先ほどのあやしのものにあてられて熱でも出たか？」

「熱が出るどころか、あのような大蛇、恐ろしくてかなわぬ」

男たち三人が愉快そうに小さく笑った。

その笑い声も、男たちの姿も、もはや妙春には届いていない。

月明かりが哀れな女の最期を照らしているが、女の側ではもう何も見ていないのだった。

第三章　歌会と、神を騙る破戒僧

年が明け、寛和三年の正月が来た。

大祓で心身を軽やかにしたのもつかの間、新年一月は宮中行事が目白押しである。

元日は帝の祈りから始まる。

天地万物が清らかに生まれ変わったような元日寅の刻（午前四時）に、清涼殿東庭で帝が天地四方の神々と皇祖の御霊に遥拝し、災いを祓うとともに国の弥栄を祈る。これは四方拝と呼ばれ、嵯峨帝の時代から行われているとされる。

年に一度、帝のみに許される神々への真摯な祈りだった。

四方拝が終わると、帝は衣裳をあらためて、ほとんど間をおかずに大極殿に移り、朝賀を行う。群臣からの賀を受ける儀式であり、臣下たちにとってはこのときにまさに新年を迎えたことになる。

昼を過ぎてからは紫宸殿にて帝が群臣に元日節会をさせる。

いわゆる、新年のお祝いの宴である。

さらに、帝の長寿を願う歯固、帝が太上天皇や皇太后の宮へ年頭の挨拶に赴く朝覲行幸、邪気祓いに帝が青駒を見る白馬節会、七日に春の七草を粥で食べる七草と行事が続く。

年が明けて八歳になった今上帝だが、たいへんな多忙である。

「帝のご多忙に同情こそすれ、本音では男も女も別のところに興味関心があるのだよな」

と実資が自身も多忙な毎日を縫って晴明の邸へ新年の挨拶に訪れ、苦笑いした。

「男は五日か六日の叙位、女は八日の女叙位でそわそわしているだろうな」

叙位とは帝が臣下に位階を与えることである。

かつては一月七日、紫宸殿に帝がお出ましになり、邪気を祓うとされる白馬または葦毛の馬を庭に引き出して群臣と宴をする白馬節会のあとに行われていたが、村上帝のときから五日または六日に行われるようになった。

五位以上のいわゆる貴族と六位以下では待遇にかなりの差があるし、内裏に上がるための殿上を許されるかも重要だったから、みな一喜一憂してこの日を迎える。

女叙位は内親王から女官までの叙位である。最近では隔年になったり七日の叙位のあとにそのまま申し渡されたりもしているが、本来は八日に行われた。

「男どもは十三日までに出る県召除目までは気が気ではない日々を過ごすよ」

「それでダメだったら秋の司召除目か」

まるで他人事のように話しながら、実資と晴明は酒を飲んでいる。

正月には国司などの地方官たちの任官が行われる。これが県召除目で、十一日からの三夜にわたって清涼殿の御前で審議がされた。なるべくよい土地へ任官したいと希望者たちが有力な貴族を頼って右往左往するのも年中行事のようになっていた。

「せっかく大祓をしたというのに、新年から煩悩にまみれるか。これではあの妙春のことを笑えぬな」

と実資がため息混じりに漏らせば、晴明は苦笑した。

「ふふ。まるで高僧か仙人のようなことを言うではないか」

すると実資が杯を手にして首をすくめた。

「それは、ほれ。このような光景を目の前に酒を飲んでいれば、そうも言いたくなる」

いつも晴明の身の回りを担当している式の六合が琴を弾き、もうひとり女童がいて笛を吹いている。

六合がそうであるように、こちらの女童も奈良の頃の衣裳である。

顔立ちは透明な湧き水の如く清らかで、見た目の年に似合わぬ思慮深さと神秘を感じさせた。五節のときに帝のまえで舞を披露する女童たちの誰よりも美しい。そのため、六合と並ぶと、まさに天女の姉妹に迎えられたような心地だった。

女童は晴明の式たる十二天将のひとりで、名を天后という。

本来は航海の安全を司る女神だそうだが、その力のごく一部を晴明が式とすることを許し、航海に縁のないときには女童の姿で顕現しているとか……。

うららかな新春の日差しを愛でつつ、式の奏でる曲を楽しみ、酒をなめる。

「気に入ったか」

「新年早々、俺は桃源郷にでも来てしまったのか」

と実資の目元がほんのり桃色に染まっている。

桃源郷というのは、大陸の六朝東晋の詩人・陶淵明が書いた『桃花源記』に出てくる言葉だった。

俗世を離れた仙境であり、理想郷である。

桃林の奥の洞窟の向こうに広がる別天地であり、そこには秦の始皇帝の圧政から逃れた人々が数百年の歴史から隔絶されて平和に豊かに暮らしていた。そこを訪れた漁師が再訪しようとするが二度とかなわなかったという。

演奏を終えた六合と天后が雅に微笑んだ。目配せしあうと次の曲を奏で始める。

「桃源郷は言い過ぎだ」

と晴明が実資の杯に酒をついだ。

その酒をなめながら、実資は「そうかな」と首を傾げる。

「真の桃源郷なら、この邸を出ていったあと、おぬしは再訪できぬぞ」

「それは困る」

しかし、実資の言葉もまったくの誇張やおべっかとも言い切れなかった。ふたりが話していたとおり、あてなる美女が管弦を奏でる様はあまりにも美しかったし、何よりも宮中、より正確には宮中に端を発して大内裏、あるいは都のさまざまなところまで、叙位や除目が悲劇となり喜劇となって展開している。騒がしいことはなはだしい人の世から見れば、晴明の邸の母屋のほうが広さでは負けるものの、心の自由さでは遥かに上のように感じられた。

「ま、ここは世間から隔絶した場所には違いない」

晴明の杯に、今度は実資が酒を満たす。

実資といい、晴明といい、今回の叙位も除目も特別なものはなかった。

何しろ新しい帝になって数カ月しか経っていない。

今回の叙位や除目はどちらかといえば新しい帝の擁立に熱心だった者たちへのご褒美と、花山院の御代のようにまだ力をふるいたいと願う者たちにお引き取りいただくための儀式だった。

実資にしろ、晴明にしろ、別段、どちらの派にもくみしていない。

強いて言えば、実資は先の帝の代に頭中将だったから、その乱行をいさめるべき立場にあったとも言える。蔵人所を去ったのはけじめの意味でもよかったと、いまでは思っていた。

それにいまの帝よりも、先の帝に縁があるように、いまの内裏よりももと王女御だった婉子(えんし)女王と縁がある。晴明のほうは、これまた帝というよりも一応新しい帝を擁立する側の道長(みちなが)となら、最近接点が増えている。

その道長は、新年の叙位で従四位上(じゅしいのじょう)に昇叙した。近く讃岐権守(さぬきのごんのかみ)を兼務するとのもっぱらの評判で、これによって道長は自身の収入源としての任国を初めて持つことになる。

「……道長どのの処遇は、よく言えば出世だが、うがってみれば本家から放(ほう)り出す準備とも見えなくもない。怖い話だよ。任国をやるからひとりで食っていけ、中小の受領(ずりょう)一族として、とな」

「ふむ……」と晴明が髭(ひげ)のない顎(あご)を撫(な)でていた。

「もっとも、道長自身はこの出世に手放しで喜んでいるように振る舞っているそうな」

「なるほど?」晴明が杯を干す。「愉快な性格のようだな」

管弦に寄り添うように、庭で鳥が鳴いている。

「まあ、俺(おれ)自身は今回、何の昇進もなかったが、家人(けにん)たちはきちんと地方官たる受領としてよい土地をいただいたようだから、それには感謝しているよ」

「ふふ。そうは言っても、近々、また蔵人頭(くろうどのとう)に戻るのではないのか? これは占いではないぞ。蔵人頭は帝の最側近として機密の文書や訴訟を扱う。公卿(くぎょう)への昇進が約束された官職だが、誰にでもできるような務めではない」

都にある官職のうち、多忙を極めるのが蔵人頭である。いくつもの案件を同時に処理しつつ、それによって発生する影響にも目を配らなければいけない。

「はは。日記之家として律令の解釈を守る家系の俺が、律令に定めのない令外官である蔵人頭に就くのは、本来どうなのだろうな。正直、離れて身体が楽なのは確かだ」

「令外官の蔵人頭だからこそ、律令の解釈を縦横に生かせるおぬしのものの見方、考え方が大切なのではないかな」

　実資は手酌で酒をついだ。

「……俺ならそう判断しないよな、という案件はいくつかあった」

「その気持ちが残っているうちは、まだやるべきことがあるのではないかな」

　それには答えず、実資は酒を飲んだ。

「今日は新年の挨拶だけに来たわけではない」

「ふむ？」

「女王殿下から新年の宴に誘われてな」

「ほう。よいではないか」

　晴明の声に冷やかしの色を感じ、実資はやや顔をしかめた。

「……蹴鞠や歌会をしたいとのことなのだが」

「ますますよいではないか。行ってこい」

「だが、それは俺ひとりが誘われたわけではないのだ」と言って杯の残りを飲み干して、実資は笑いかける。「晴明も一緒に、ということなのだよ」

これには晴明が顔をしかめる番だった。

「私が一緒に行くのか？」

「そうだ。ふふ。女王殿下の思し召しなのだから、晴明にも蹴鞠をやってもらおう」

実資が楽しげに脅かすと、六合と天后が演奏をしながら目を見合っている。

「なるほど。そういう手があったか。だが、それは分が悪いぞ。実資」

「何？」

「ふふ。私が行かないと言ったらどうなる？　女王殿下は私にも宴に来るように思し召しなのに、私が行かなかったとしたら、女王殿下の心証を悪くするのではないかな？」

「………………」

「女王殿下に嫌われるのではせっかくの宴もおもしろくあるまい。さりとて、宴に行かないという選択は実資にはないだろうし――」

実資がため息をついた。

「わかったよ。蹴鞠でも何でも、無理強いはしない。とにかく一緒に来てくれ」

ちょうど演奏を終えたふたりの式が、鈴を鳴らすように笑った。

「うふふ。実資さま、一本取られましたね」と六合が手の甲を口元に当てている。

「ふふ。実資兄さまは女王殿下をお慕いしているのでしょう？　女王殿下に会いたいから一緒に宴に来てくれと素直に頼めばいいのに」

と女童姿の天后が、見た目からすればませたことを言った。

「な、何を言っているのだ」

「ふふ。実資兄さま、赤くなった。図星ですね」

と天后がころころと笑っている。

「おい、晴明。俺はこういうのは苦手だ。何とかしてくれ」

「新年から賑(にぎ)やかで結構なことだ」

晴明が杯を差し出すと、六合が酒をそそいだ。

空は雲ひとつなく、晴れ渡っている。


婉子は父である為平(ためひら)親王の住まう染殿(そめどの)にいる。染殿は正親町(おおぎまち)小路の北、京極(きょうごく)大路の西にあった。人臣最初の摂政(せっしょう)となった藤原良房(ふじわらのよしふさ)が邸とし、さらにその娘にして文徳(もんとく)帝女御の藤原明子(あきらけいこ)が住まい、陽成(ようぜい)帝が生まれた由緒ある場所である。そのため、新年の催し物をするには雰囲気がうってつけだった。

政治的に不遇だった為平親王のところへは普段の新年ではあまり来訪者は多くないが、今年は婉子が戻ってきているので、新年の挨拶もどこか華やいでいた。

これは婉子ひとりでなしたことではない。

むしろ、婉子を慰めようと、典侍(ないしのすけ)ら女房たちがそれぞれの伝手(つて)を使って新年の宴を計画した努力のたまものだった。

実資と晴明を呼ぶことにしたのも、典侍の発案だった。

典侍から、婉子の気持ちを慰めたいからという理由を聞き、実資は心を打たれたのである。だから協力して晴明も引っ張り出した。晴明自身は本当に宴を楽しみに来ただけだったが、それでも当代随一の陰陽師(おんみょうじ)が同席するのは十分、話題にはなったろう。

典侍たちの願いも、実資の狙(ねら)いも、うまくいったかに見えた……。

宴が終わって、招待客たちが三々五々帰っていくなか、実資は黙然としていた。

残っている酒食が目当てではない。

立ち上がる気力がなくなっていたのだ。

隣に座っている晴明も、それに付き合って座を動かない。

はあ、と実資が何度目かのため息をついたときだった。

中年の僧侶(そうりょ)がこちらへやって来て、頭を下げる。

「実資どの。よい歌でしたよ」

その僧侶の名は安法(あんぽう)。俗名は源趁(みなもとのしたごう)といい、美男で知られた——後に書かれることとなる『源氏(げんじ)物語』の主人公・光源氏(ひかるげんじ)のもととされた人物のひとり——左大臣源融(とおる)の子孫に当たる。出家後は融が住んでいた河原院を邸とし、仏道修行の傍ら、多くの歌人を招いて歌会を楽しんでいる。

「安法さま……。ありがとうございます」

と実資が笑ってみせた。

だが、弱々しい。

晴明が衣裳の袖で口元を隠すようにした。

「まったく。なぜあそこであんな歌を詠んだのやら」

「うるさい」

宴のはじめに蹴鞠が催された。

実資以外の貴族では道長などが呼ばれていたが、蹴鞠となれば実資の右に出る者はいない。婉子やその女房たちの憧憬のまなざしは実資が独占していた。

実資、会心の蹴鞠だったのだ。

その後、酒食が振る舞われて談笑を楽しんだあと、歌会となった。

歌会といっても、堅苦しいものではない。「新年」を念頭にしてみなで歌を詠もうという催しだった。

何人かが歌を詠んだ。新年の喜びの歌が多かったが、そればかりではおもしろくない。やがて新年と恋のはじめの初々しさをかけた歌が出始めた。

そんな中、婉子も歌を詠んだ。

初鞠や　蹴りて跳ね来る　みやこ空
しづ心なく　鶯(うぐいす)のごと

――初めての蹴鞠が跳ね交わされる都の空に、心は騒いで鶯が鳴いているようだ。

女房たちが静かにざわめいた。蹴鞠の歌ではあるが、蹴鞠の見事さに興奮したという描写を越えて、恋を歌っているように聞こえるのだ。その恋の向かう先は蹴鞠で見事な働きをした人物。しかもそれが「初」だというのだから、女御であった身としては穏やかではない……。

「何か？」

と婉子が涼やかに尋ねるので、ほかの者たちはその歌の論評を差し控えた。

宴のみながその歌のまことの気持ちに気づいているのだが、ただひとりだけ、その歌の心がわかっていない人物がいたのである。

何人かの歌が詠まれ、実資の番がやって来た。

実資は詠んだ。

正月立つ　春の初めに　かくしつつ
　懸かりの鞠に　うれしくもあるか

——正月新春にこのようにみなで集まって蹴鞠をするのはうれしいものだ。


一同が静まりかえった。

実資の歌は『万葉集』にあるふたつの新年の言祝ぎの歌を土台にしている。新春の青空の下で、明るく楽しく蹴鞠を楽しもうという健全な歌だった。

だが——婉子の歌への返事にはなっていない。

「実資どの……本当か」と思わず道長がつぶやいてしまったほどだ。

ただひとり、実資だけがきょとんとした顔で周りを見ている。

実資の目が、婉子のいる几帳の方を向いたときだった。

「蹴鞠しか織り込めていないのでは、浅い歌ですね」

と手厳しすぎる一言が飛んできたのである。

うふふ、という優美な笑みとともに、だった。

その抑えられた怒気に実資はこれまでのいい気分が吹っ飛ぶ。

背筋が凍った。

同時に、先ほどの婉子の歌の意味が、何の脈絡もなく察せられた。

まさか、あの歌は――。

察せられたものの、もはやどうしようもないではないか……。

婉子はすぐに機嫌をよくした。

だが、その婉子の陽気さがむしろ実資には恐ろしい。

ほかの女房や宴に来た者たちも、同感だった。

やがてお開きとなり、婉子が間を退出すると、多くの者たちがやっと息ができたとばかりに大きく息を吐き、何か言いたそうに互いに視線を交わしながら、ゆっくりと、しかしできる限り早く、邸から退出していった。

その間、実資は仏像のように動けずにいた。

さまざまな想いが渦巻いている。

婉子の歌の解釈は間違っている。こんな大勢のいるところで自分への好意を歌にするなどあり得ないと思っている。

だが同時に、婉子の歌がそのような解釈で理解されたのだとしたら、自分が返歌を贈るのは火に油を注ぐ事態だったとも思う。実資の立場、何よりも婉子の立場を考えれば、あそこで実資が蹴鞠だけの歌を詠んだのはよかったと思っている。

「まあ、肝心なのはおぬしの気持ちよ」

と晴明が小さく首を横に振った。

「うむ……」

すると安法が何か得心したような顔つきになる。

「なるほど。やはりおふたりは――」

「いや、ご想像のようなことは何もないです。歌のやりとりも、通いも、何もございませぬ」

と実資が慌てて否定する。晴明が横目でじっと見つめた。安法は実資と晴明を何度も見比べながら、小さく頷いた。

「だいたいわかりました」

「安法どの⁉」

「実資よ。そろそろ退散しないと、邸の方々に迷惑だぞ」

と晴明が冷たい声で助言したときである。

不意に安法が眉間にしわを寄せた。

「あー、おふたりとも……このあとは何かありますか」

思いがけなかった質問に、実資と晴明は顔を見合わせる。

「いえ、特にありませぬが……」

と実資が答えると、安法が申し訳なさそうな表情とともに額の汗を拭った。

「おふたりに、折り入ってご相談したいお話がありまして」

「はあ」

仏道修行に専念している安法が、悩み事とは珍しい。悩みだけなら僧侶でも持つかもしれないが、僧の悩みを陰陽師に相談するというのも解せない話だ。安法には歌人としての顔もあるから、そちらの悩みでもあるかもしれない。だが、先ほどのような場の雰囲気を読めない歌を詠む人間に用はないだろう。

実資とて、自分の歌への先の安法の褒め言葉は、お世辞だったというくらいはわかっている。

どうやら悩み相談のための〝枕詞〟だったのだろう。

「ここではあれですので、門の外で少し……」

安法の求めるままに門の外へ出ると、なぜか道長も一緒に待っていた。

「実資どの。あれはいかんですよ。恐ろしい」

と道長が苦笑しながら、九歳年下の気安さでさらりと——あるいはぬけぬけと——実資に文句を言った。

「わかっている。左近衛少将道長どの」

と苦々しく実資が答える。ちなみに実資は左近衛中将。直接の上下関係にあった。

申し訳ございません、とあまり誠意を感じさせない謝罪のあと、道長が急に真剣な表情になった。

「晴明どの。実資どの。新年早々で申し訳ない。私たちに——安法どのと私に力を貸してくれないだろうか」

そう言って道長と安法は頭を下げた。安法はともかく、いまのいままで憎まれ口めいた言葉を発していた道長が神妙にしているのが気にかかる。

「何がございましたかな」

睦月の風が頬を切るようだ。

安法が何度かため息をつき、やっとという感じで口を開いた。

「恥を忍んで申し上げます。ある男からわが邸と道長どのの邸の女房どもを取り返していただきたいのです」

今度こそ実資と晴明は怪訝な表情で顔を見合わせる。

「両家の女房どの……」

「わが邸と道長どのの邸の女房は姉妹でして。その姉妹がふたりしてよからぬことに巻き込まれたようなのです」

「それは一体どういう……」

と実資が問うと、道長は辺りに人がいないのを確認して、

「義善、という僧が鴨川の南に勝手に庵を結んでいるのは知っていますか」

「すまぬ。初耳だ」

「場所は六条河原のさらに南。九条大路からも少し南に下がったところです。奴はおそらくどこかの寺から逃げてきた破戒僧だと思う。何しろ鴨川の魚を捕ったり、鳥を捕まえたりしているそうなので」

「その破戒僧が、おぬしらの女房どもをかどわかしたというのか?」

「かどわかしたのならまだ話は簡単です」と道長が渋面を深くする。「恐ろしいことに、異説・邪説に惑わされた女房どもが自分の意思でその庵に入り浸り、私財を持ち出しているのです」

実資は眉間にしわを寄せた。

「なるほど。邪説を説く破戒僧へおぬしらの女房たち姉妹が金品を貢いで困っている、ということなのか。一応、確認しておきたいが、その破戒僧・義善というのはまさしく外道なのだな?」

これには安法が力強く頷いた。

「左様でございます。私も修行者の端くれ。義善の間違いはきちんと見切っているつもり

です。横川の恵心僧都源信さまのように、一見すると天台教学に反しているように見えても現実には衆生救済のために念仏をすすめるような人物とはまったく違います」

源信というのは天台宗の僧侶である。十五歳で『称讃浄土経』を講じ、村上帝から法華八講講師のひとりに選ばれたが、母親の諫言から名利を捨てて横川の恵心院に隠遁して念仏三昧の修行に明け暮れた。極楽往生の要諦の教えを集めた『往生要集』一部三巻で知られている。

「それであればなおさら、安法どのによる法論で撃破したほうが早いのでは……？」

と実資が問うと、安法が悔しげに唇を噛んだ。

「その義善なる者、なにやらあやしげな呪術を使うようなのです」

「何と」と実資が聞き返す。

「女房どもの話では、寺社へ参詣に行った帰りに、鬼に遭遇したとか。殺されると思ったときに、術で助けてくれたのがかの義善だとかで……」

「何だと？」

鬼と戦える行者など、かなりの高僧に限られるはず。

陰陽師で言えば晴明と同等の力を持つと言えよう。

「さらには神のお告げと称して、その者の悩みを言い当て、さらには相手の前生譚、つまり過去世においてこのような人物だったとか、そのときの功徳でいまこのような神の加護を得ているとか、摩訶不思議な話をしては支援者を増やしているそうで……」

「その義善とやらは釈迦大如来の真似をして悦に浸っているのか」と実資が嫌悪感を丸出しにした。「たしかにこれは、単なる法論では収まりそうにないな」

「そこで、おぬしと晴明どのに相談をしたのだ」と道長。

「晴明はともかく、なぜ俺まで？」

「だって、私の物忌みのときにも、師走のときにも、実資どのも力を貸してくれたではないですか」

「別に俺は何もしていないのだが……だが、このまま放っておいて、宮中へ飛び火されたらいやだな」

女房たちというのは一種特別のつながりを持っている。親戚関係になくとも、いつのまにか他家へ噂が広がり、宮中にまで及ぶというのはよくある話だった。

晴明が檜扇を取り出して小さく開き、口元を隠した。

「あやしげな邪法の破戒僧か……」

と興味なさそうに晴明はつぶやいている。

「晴明。ふたりとも困っているようだし、のちのち宮中に災いを起こすかもしれない芽なら摘んでおいてもいいのではないか」

「そう思うか」

「そう思う」

晴明は音を立てて檜扇を閉じた。「では、やってみようか」

道長と安法の顔に笑みが浮かぶ。

鳥たちが楽しげに鳴いていた。頬を真っ赤にするような風は止(や)んでいる。

都の東南端は九条大路と東京極大路の突き当たるところだが、そこから鴨川を渡ってさらに東南へ行ったところに、件(くだん)の義善の庵はあった。

毎月五のつく日に集会があるとかで、ある者は徒歩(かち)で、ある者は牛車(ぎっしゃ)で庵に集まってきている。

その人の流れの中に、晴明と実資、それから晴明の式の天后がいた。さらに、道案内として安法が同行している。

四人とも、普段の格好はしていない。晴明と実資たちは雑色(ぞうしき)の男ふたりとその娘、という身なり、安法は乞食僧(こつじきそう)の真似をしていた。

「よろしいのですか。そのような格好をされて」

と実資が安法に呼びかけた。歌をたしなみつつとはいえ、出家の身でこのような格好をして人をだましていいのかどうか心配だった。

「ご心配かたじけない。そもそもは私が言い出したこと。道案内はどうしたって必要でしょうし」

「ですが……」

道長に道案内をさせるのはさすがに危険だというのはわかる。

「大事のまえの小事ですよ」

どうやら安法は、自分が戒律を守って邸に籠もっていることと、自分が乗り出して義善なる僧を懲らしめることとでは、後者のほうが大事であると考えたようだった。

とはいうものの、安法はかの僧を直接見たことはないという。一度、そのような愚か者の顔を拝んでおきたいという好奇心もあるのかもしれない。

「なかなか盛況そうだな」

と晴明が笑っている。

「こんな格好をする必要があったのだろうかな」

と実資が悩んでいた。天后は楽しげに実資の手を握ってぶんぶん振っている。

「兄さま、じゃなかった。父上?」

「……何だか複雑な気分だ」と実資が空いている手で頬をかく。「こんなかわいらしい女童、かえって目立つのではないか」

「かわいいって言ってもらえた。うれしい」

と天后がはしゃいでいる。

『は。本当の年は何百歳か何千歳かわからないくせに』

という男の声がした。騰蛇（とうだ）である。目に見えない状態でついてきているのだった。

黙れ、下郎、と天后が小さな声ですごんだ。『おー、怖』と騰蛇のおどけ声がした。

「天后の見た目はごく普通の女童に見えるように周囲に呪（しゅ）をかけよう」

と晴明が提案した。

「その方がいいだろうな」

「いいか。義善の話を聞いた私が、病弱な娘を抱えた実資を誘ってやって来た。そういう設定だからな」

と晴明が実資に呼びかけた。

安法とは他人。ただ、義善の庵の場所を知っているということで同行してもらった、ということになっている。

庵は見た目こそ質素だったが、妙に魚くさい。安法が顔をしかめた。なるほど、破戒僧らしくこの庵で魚を焼いて食べているのだろう。

庵には数十人の聴衆が来ていた。

女房、雑色、役人がほとんどだが、貴族らしい狩衣（かりぎぬ）の男もいた。

あの女房たちの中に、道長や安法の邸の者もいるのだろう。

実資たちはいちばん端（はし）にこそこそと座る。

しばらくして奥から大柄な男がやって来た。僧侶という体だから禿頭（とくとう）だが、でっぷりと太り、てかてかと顔が光っている。ぼろぼろの袈裟衣（けさころも）には薫香は焚（た）いておらず、魚や肉を焼いた匂いがこちらまでしてきそうな雰囲気だった。二重顎で髭はないが、眉（まゆ）は無造作で目つきが妙に鋭い。

聴衆たちが「義善さま」と手を合わせ始めたということは、この太った男が義善らしい。話を聞いたときから、ある意味想像したとおりで、実資は顔をしかめた。

「顔が険しいぞ」と晴明に注意され、実資は顔の力を抜く。安法を見ると目が合った。互いに無言で小さく頷く。その間に義善は合掌し、じゃらじゃらと音を立てて数珠をすりあわせた。

「南無観音菩薩（なむかんのんぼさつ）、南無観音菩薩——」と繰り返している。

聴衆たちも合掌し、同じようにつぶやいていた。涙を流している者もいる。

一応、形だけ合掌しながら、実資は冷ややかにそれらを見ていた。

「ふむ。あまり賢そうな顔ではないな」

「観音菩薩か。〝観世音（かんぜおん）菩薩〟と正式な呼び方はしないのだな」

「その程度の基本的な教学もないのかもしれぬ。私度（しど）かもな」

ここでの私度とは、私度僧のことだ。本来、僧侶は律令の定めるところにより得度の許可を得る必要があり、これを官度僧といった。その許可を得ず、つまり自分で勝手に得度して僧侶を名乗っているのが私度僧だった。

義善は何やら話をし始めた。

「拙僧には何の力もござらぬ。神通力も法力もござらぬ。天狗になりたくとも天狗ほどの力もない。鵜呑みにしてはならぬ。けれども、わが叔父と呼び、幼少の頃からわれを導いてきた紀伊国の神こそは、御仏を守る如来の眷属にして住吉三神なり。病を抱えた者はわれが触れればたちまちその原因を突き止め、癒やされること間違いなし」

実資が晴明をつついた。「すまぬ。何を言っているのだ、あやつは」

日記之家の長として、当代において一流の教養人の実資だが、義善の説法らしきものがまったく理解できないでいた。

晴明が苦笑している。

「まあ、もう少し聞いてみよう」

「それにしてもひどい」と安法がため息をつく。「これは説法とも呼べぬ。経典の引用も解釈も我流。これが見抜けないとは私たち出家が人びとに説法をしてこなかった証のようなものだ」

恥じ入る安法に実資は気遣わしげな眼差しを向けた。

「安法どの……」

「本来、御仏たる釈迦大如来の説法というものはわかりやすく、ときに厳かで、ときに激しく、聞く者の心を打ったはず。にもかかわらずあの破戒僧の話は、釈迦大如来の説法のごく一部をいじくり回してかえってややこしくしている」

経典にある通りに説法するのがもっともわかりやすいのだと安法は言った。なぜなら、釈迦大如来は真理そのものとしてあらゆる衆生を救おうと法を説くがゆえにもっともやさしい言葉でわかりやすく説法したからだ、と。

ところがこの破戒僧の話は、ひとつの話を回りくどく説明している。本人は利口に説法をしているつもりだろうが、突き詰めて深く考えたことがない人間特有の回りくどい表現に終始していると安法は言っているのだった。

実資にもその感覚はわかる気がした。歌の名手の詠む歌は、一見すると言葉遣いは簡素だ。何の技巧もないように見える。ところが読み込んでいくと、いくらでも味わい深く立ち現れてくる……。

そのときだった。義善の話の途中にもかかわらず、ひとりの役人が立ち上がったのだ。

「義善さま。説法の途中にですが、お許しください」

そう断って話し出したのは、その役人が昨晩体験した話だった。

昨晩遅くに、役人は六条(ろくじょう)大路あたりを歩いていたという。

不気味な静けさの夜道を急いでいると、彼は背後から何者かの気配を感じた。

「出たのでございます。鬼でした」

彼が振り返れば、角を三本生やした若者が立っていた。

目が光っていた。その目は黒目と白目が反転していたそうだ。

青い肌をし、巨大な太刀を背負っていた。

鬼の若者はにやりと笑うと太刀を持たない左手をこちらにかざした。

その左手は蛇のように伸び、柳の枝のようにしなやかに彼の足首をつかんだ。

一気にその腕がもとの長さに戻っていく。役人は倒れ、あっという間に鬼の若者に引き寄せられた。

若者が笑みを浮かべて太刀を振り上げる。

もはやこれまで、と思った役人は思わず「南無観音菩薩」と一心に念じた。

その瞬間だった。

辺りにまばゆい光が現れ、鬼の若者が苦しみ出す――。

気がついたときには光が消え、鬼の若者は影も形もなくなっており、役人は九死に一生を得たのだった。

話が終わり、庵にどよめきが満ちる。

実資も思わず唸っていた。

義善はうんうんと頷きながら、「まこと、鬼である。その鬼を祓ったのは、私に与えられた紀伊国の神の法力である」と語っている。役人は涙を流しながら、持ってきた包みを捧げていた。開くと、魚や米があった。

「感謝感謝」と義善が手を合わせる。

別の女房が義善の前ににじり出た。

「お願いします。ひと月ほどひどい頭痛と腰痛に悩まされているのです。何かよからぬものが取り憑いているのではないでしょうか」

義善が無骨な手を伸ばし、女房の身体をなで回すようにする。

「ふむ。これは母親との間に葛藤があるようじゃ。それはおぬしの先祖からの話に遡る。きちんと先祖を祀ることじゃ」そう言いつつ、女房の腰と首を強く揉む。「これは法力ではないぞ。因果の法則で見ているだけじゃ。おぬしら誰でも同じような力を得ることができるのじゃ」

女房は身体が嘘のように軽くなったと喜び、やはり持ってきた包みを義善に捧げていた。今度は銭のようだった。

「これはこれは。——そうそう。あなたには龍神さまのご加護があるので、これからますます富を得ることでしょう」

庵のそこここで、「俺も実は龍神さまのご加護があるんだってさ」「私もそうおっしゃっていただきました」という声がしている。

銭を捧げた女房が喜びながら自分の座っていた場所に戻った。

「さあ、この法力、観音力を授かりたいものは喜捨し、一心に観音力を念じるのじゃ」

と義善が呼びかければ、残りの聴衆たちも持ってきた食料や銭を捧げて「南無観音菩薩、南無観音力」と祈っている。

「ふむ。なかなか儲(もう)かる商売のようだな」

と実資が小声で皮肉を言ったときだった。

義善が両手をあげた。

「喜捨はあくまでも喜捨。お心のままに出していただければ結構。しかし――」と義善が言葉を切って周囲を見回した。「ここに不信心の者が紛れ込んでいる」

聴衆がざわつく。バレているのか。実資は晴明に声をかけそうになったが、天后が「黙ってて」と小さな声で止めた。

安法も無言でうつむいて、義善から顔を隠していた。

「正しい信仰がない人間には因果の理法は見えぬ。紀伊国の神を試し、冷やかし、愚弄(ぐろう)する者には必ず神罰が落ちる。拙僧にはどうすることもできぬのじゃ」

と義善がとても悲しげに言っている。

「そういえば、数年前に紀伊国の神を罵った男が、数日のうちに家を失い、一家離散となったとか」

と聴衆の誰かが声を震わせた。

「主さま」と天后が晴明に目配せする。「そろそろ潮時かと」

だが、晴明が頷くより早く義善が太い腕と指でこちらを指した。

「そこの雑色ふたりと女童っ。さらには乞食っ。おぬしらの不信心は、神々の世界にすべて伝わり、子々孫々まで神の加護を失ったぞっ」

聴衆が実資たちに振り向く。実資は焦った。庵を蹴飛ばして逃げるしかないだろうが、追いかけてくる連中をどうしたらいいのか。ただ邪法の者にだまされているだけで、普通の役人や女房だ。殴ったり蹴ったりするわけにはいかない……。

そのときだった。

「天后、実資と安法どのを連れて逃げよ」

「かしこまりました」

騰蛇、と晴明が小さく式の名を呼んだ。

「おぬしは私を運べ」

「御意」

一陣の風が庵に吹きつける。

次の瞬間、庵の光景が急速に遠のいていった。

目の前の光景が風にさらわれる花びらのように揺らぐ。

いくつもの大路、人並み、牛車、邸が眼前に現れては川に流されるように遠のいていった。

気がつけば、実資は土御門の晴明の邸の庭に立っていた。

どさりという音がしたのでそちらを見てみると、乞食姿の安法が庭に倒れ込んでいた。

安法どの、と声をかけようとして左手にやさしい感触があるのに気づく。

見れば、女童の天后の右手と手をつないでいた。

天后の左手は安法の右手を握りしめている。

「実資兄さま、お怪我(けが)はありませんか？」

「ああ。大丈夫。……おぬしが俺たちをここまで運んでくれたのか」

「はい。私、天后は航海の安全を司る女神。転じてあらゆる旅や外出から、人を守る力を持っています」

どうみてもかわいらしい女童なのだが、そのような力があるとは……。

「かたじけない」と安法が起き上がる。「いたた。少し腰を打ちましたが、大丈夫。ありがとうございました」

「無事についたな」

と晴明の声がした。振り向けば、背後から騰蛇に抱きかかえられるようにして晴明が立っていた。

「晴明は騰蛇に運んでもらったのか」

「ああ。ただ、天后のほうが確実だからな。実資たちを運ぶのは天后にお願いした」

実資は、そうかと答えるのが精一杯だった。

母屋から六合が声をかけてくる。

「お疲れさまでした。まずは白湯(さゆ)でもいかがですか」

「頼む」と晴明が微笑む。「安法どのと実資の白湯も頼む」

「ありがとう。――いや、その前にひとつお願いがある」

「何だ」

「……顔を洗って服を替えたい」

私も、と申し訳なさそうに安法が言った。

先ほどの庵に色濃く残っていた魚や肉の匂(にお)いが鼻について、気持ち悪かったのだ。

顔を洗っていつもの衣裳に着替え、白湯で身体を温めた実資は大きく息を吐いた。

「一体あれは何だったのだろう……」

その言い方がおもしろかったのか、天后が吹き出した。

いまここには、実資と安法のほか、晴明、天后、六合がいる。騰蛇はいつの間にかまた姿を消してしまった。

「何だったのだろう、とはどういうことだ」

「俺でも言ったが、俺にはあいつの言っている言葉の意味がさっぱりわからなかった。いや、如来とか住吉三神とかはわかるのだ。だがそれらがまとまってあの義善なる男から発されると、途端に意味がわからなくなる」

と、実資が情けない顔で言うと、晴明が苦笑した。

「住吉大神には私も神示をいただいたことがある。昨年の奇病のおりにな」

住吉三神は『日本書紀』では底筒男命・中筒男命・表筒男命であり、『古事記』では底筒之男神・中筒之男神・上筒之男神を指し、住吉大神とも称する。ここに息長帯姫命、つまり神功皇后を含めることもあった。

もっとも大きな神社としては、摂津国の住吉大社に祀られている。

「その住吉三神が紀伊国の神さま?」実資が生真面目に頭を抱えている。「俺の知らないことが世の中には山とあるのだろうなぁ……」

「日記之家の当主は当代の屈指の教養人なのだから、もっと自信を持ってくれ」と晴明。

「そうは言うがな……」

「不勉強なもので、私にもさっぱりわかりません」

と安法が真面目な顔で白湯をすすっている。

「日記之家の俺と、出家僧の安法どのがわからないというのだから、偽物と断じてしまっていいのではないか」

実資はそう言いながら眉をひそめていた。

「とはいえ、あの生臭坊主どの、最初に言っていたではないか。自分に法力はないし鵜呑みにもするなと。まともに考える必要はないさ」

と、晴明が苦笑していると、天后が小さな声で教えてくれる。

「あの坊主は要するに、自分に法力はないから鵜呑みにするなと謙虚なふりをして責任逃れをしたあとで、自分は偉大な神が指導している存在だと言ってたのです」

「なぜ責任逃れするのだ」

「本式の修行をした密教僧や陰陽師から批判されたときの言い逃れですよ。自分は何の力もないのに周りが勝手にそう言っているだけだ、と」

この出だしだけで、普通ならまともな僧ではないと断じていい。

「あいつ、自分は紀伊国の神さまに指導された偉い人物だと言っているんだよな？」

「一応、自分では『偉い人物』とはただの一度も言っていません。実資兄さま、すでにあの破戒僧の話術に引っかかっていますよ」と天后が笑う。

実資は口をへの字にした。

「む、む……」

「あの手の輩の話術はなかなかなものだからな」と晴明が小さくつぶやいた。「それにしても紀伊国の神か……」

「厄介なのか」

「厄介と言えば厄介——」と晴明が実資の袖を引いた。「そんな神、私も知らない」

「は？」

「知らない、と言ったのだ。知らない、で中途半端ならこう言い換えよう。そのような神はおそらくいない、と」

思わず声が出そうになるのを抑えて、実資は晴明に反問した。

「おいおい。でも、何だかご大層なことを言っていたではないか。ずっと導いてくれていただとかなんだとか」

「ずっと取り憑いているのだろうよ」

晴明があっさりとすさまじいことを言ってのけた。

「あなや」と安法が驚く。

「そういうことなのか」

と実資が目を見張った。

「途中でどこぞの役人が話に割って入っただろう」

「鬼に襲われたと言っていたな」と実資が眉間にしわを寄せる。「あの話は生々しかったのだが」

「そうだな。だが、果たして本当にそうかな?」

「そうかな、とは」

「おぬしも百鬼夜行で鬼には会っているだろう?」

「ああ。あれは恐ろしかった」

すると晴明がにやりと笑った。

「そのときの鬼と同じに聞こえたか?」

実資は動きが止まった。

「そう言われれば……若者だとか太刀を持っていたとか、全然違うぞ」

「そういうことだ。あれは鬼ではない。偽物さ」

「偽物、ということは、あの男の話も嘘なのか?」

だとしたら、役人とあの義善はグルだったということになる。しかし、晴明は首を横に振った。

「嘘ではない。鬼を名乗る別のあやしのものだよ」

「何と」

晴明はため息を漏らして庭に目を転じた。

「私が視たところでは、その偽の鬼こそが義善に取り憑いているあやしのもの。紀伊国の神を名乗り、住吉三神を名乗って、あの義善に妙な力を与えているのだろう」

「あの坊主に取り憑いている……？」

「若干の病気治しの力もあるようだし、あの世話もできるようだ。ただ、先祖を大切にせよというのは仏教では本来、主流ではない。祖霊崇拝はどちらかと言えばこの国の土着の民、仏教伝来とともに滅んでいった紀伊国の土蜘蛛の一族。生きた鬼として都を襲い、混乱せしめた者たちよ」

実資は驚愕し、震え始めた。

「とんでもないものがあやつに取り憑いているのではないか」

「実資」と晴明は数度柏手を打った。

「うわっ。驚くではないか――」

「そうやって力あるものに見せようとしているのも、あのあやしのものの手だよ。俺にいた誰かが、かつて数日のうちに家を失い、一家離散となった男がいたと言っていただろう？　いやしくもあやつは仏弟子。釈迦大如来は智慧と慈悲を説かれたのだ。たしかに現世での報いもあるが、それは自らの悪業の報い。あやつが言っていたのは〝自分に敵対したら祟るぞ〟という脅し。自らの意に沿わぬ者だからと祟るのは、御仏の教えではないし、そんなものへの信仰を立てているなら生臭坊主もいいところだ」

「……結構言うのだな」

どうやら晴明はかなり怒っているようだ。

「人びとの素朴な心を踏みにじり、本来、純粋に神仏への信仰心を持っていたであろう人びとの心を御利益信仰にねじ曲げ、自らの飯の種にだけ考えているあの生臭坊主どの、許しがたい」

安法が嘆くのも無理はなかった。

「そうだよな。言ってることは支離滅裂だし」

「ああ。おかしなところをあげていったら切りがない。たとえば、聴衆の何人かに龍神の加護を認定していたようだが、龍神とは野分(のわき)（台風）を起こしたり、巨大な雷雨をまき散らしたり、そういう自然の力強さを司る存在だ。どうして、名もなき女房や役人に加護を与えるのだね？」

「さっぱりわからない」と実資が首をひねる。

すると晴明が不敵そうに笑った。

「だが、龍神と間違えやすい存在がひとついてな。これなら説明がつく」

「何者だ？」

「蛇の霊だよ」

なるほど、と安法が手を打つ。

実資はあんぐりと口を開けた。「蛇の霊を、龍神と言っているのか?」

「どちらもうろこがあり、長い。やはり見鬼(けんき)の才で視るわけだから、場合によってはぼんやりとしかわかるまい。となれば——」

「巨大な蛇と龍神を間違えもする、か……」

晴明が頷く。もっとも、龍神の何たるかをきちんと認識していれば、そのような巨大な神霊が直(じか)に個人への加護をするのはおかしいと思うはずなのだが……。

「あの生臭坊主どのは、悪鬼や蛇が取り憑いているのと、神仏の加護の区別すらつかない外道。以前、神を騙るあやしのものに魅入られる愚かな術者の話をしたが、その類(たぐい)よ」

と晴明が断じる。

「ではどうする?　あの生臭坊主どのをそのまま調伏(ちょうぶく)してしまうか」

言いながら、多分それは難しいだろうと思った。何しろあの義善にはすでに数十人からの賛同者がいる。彼らが義善の言葉ひとつでこちらに敵意を向けてくるのは先ほど体験したところである。

「まあ、単純には行かないだろうな」

「やはりそうか。取り巻きがいるからな」

「そうだ。取り巻きがいるからな」と晴明も認めたが、その意味は違っていた。「ところで実資。取り巻きの何を問題だと考えている？」

「頭数があるのは厄介だろ。俺たちは正体を隠しているし、向こうはあのえせ坊主の一声で襲いかかってくるかもしれない」

「それよりもう少し厄介なことがある」

「俺たちの正体がバレることか」

「それは別にどうでもいい。それにそもそもこちらの正体はバレていただろう」

実資がしきりに頷いた。「あれも不思議だった。どこでバレたのだ。まさか、あのえせ坊主、少しは法力めいた力があるのか」

と、そこへ騰蛇の声が響いた。

『あの生臭坊主どのは多少、呪術はできるだろうけど、それだけ。あの場に主たちがいるのがわかったのは、配下の者を適当に都の東南端に配してこっそり見張っていたから』

「最初から見張られていたのか？」

『あいつはよくて私度僧、悪ければただの破戒僧。比叡山(ひえいざん)なり高野山(こうやさん)なりのまっとうな僧侶が来たらイヤなのだろうから、その辺を抜かりなくしているようだな。まあ、向こうの見張りにバレても俺や天后がいるから大丈夫だろうと黙ってたけど、そういうことだ』

実資は唸りながら、先ほどの晴明の質問に戻る。厄介なこととは何か。しばらく腕を組んで考えたが、実資は降参した。安法も首を横に振る。

「わからない。教えてくれ」

「取り巻きたちは、あの生臭坊主どのの言うことを信じている。この信じているというのがくせ者でな。信じることで取り巻きどもの心が強くなるだけならいいのだが、信じる心がその相手を強くするのだよ」

「信じる相手、というとあのえせ坊主のことですか。いや、違いますな。あのえせ坊主を操っているあやしのものでしょうか」

と、安法が質問すると、晴明は頷いた。

「先ほど、紀伊国の神なるものを知らないと言ったが、厳密に言えばあの生臭坊主どのが言っている紀伊国の神など知らぬということ。紀伊国にも熊野三山の神々はおられるのだが、あやつはその神々ではなく住吉三神が正体と言っていたろう？　それこそが、あの坊主を操っている神であり、鬼もどきだ」

「さっき言ってたな。仏教伝来によって滅んでいった者たち、土蜘蛛の一族だと」

「仏教伝来によって人びとの信仰心を失い、その存在を忘れられ、消えていく宿命にあったものが、神の名を騙り、鬼の名を騙り、生き延びようとしているのさ」

神々といえど、信じてくれる者がなくなったら、この現世に力を振るうことはできない。

「となると、住吉三神とはまるで関係がない……？」

「本物の住吉三神さまたちこそいい迷惑だろう。鴨川にまったく縁もゆかりもない水路を勝手に掘って自分の田畑へ水を流すように、本来、住吉三神、住吉大神へと向かうべき人びとの信仰心や感謝の念を、鬼もどきがかすめ取ろうとしているのだからな」

瀆神（とくしん）の極みだった。

「それならば、なおさら放置はできないのではないか」

「神仏への冒瀆（ぼうとく）として許しがたいだけではなく、さっきも言ったとおり、取り巻きたちの信じる心があの鬼もどきをも強めているのが厄介。ただ……」

「ただ？」と実資が先を促すと、晴明は話の角度を少し変えた。

「これまで実資も、生霊（いきりょう）や呪などをいろいろ見てきただろう？」

「ああ。眉をひそめたくなるものが多かった」

「だがそれらももとを正せば人の心から生じたものだ。人間の心とはそれほどまでに強く、また創造する力があるのさ」

「人の心が、何かを作り出す、というのか」

たとえば『伊勢（いせ）物語』という物語がある。いまから百年以上まえに亡くなった歌人であり、恋の名手とされた在原業平（ありわらのなりひら）に似た男を主人公にした物語だが、作者の名は知られていない。

けれども、まずは作者ひとりの心の中に「在原業平のような男の物語を書こう」という思いが生まれたはずなのだ。それが文字となり、物語の形を取る。やがて写本の形になり、

『伊勢物語』が流布されていく。大勢の人がそれを読み、心を動かされ、やがては人びとの心の中に共通の『伊勢物語』という世界が創造される……。

これなどは、鬼もどきどころか、在原業平を元にした「ある男」をはじめとする登場人物とその恋と世界そのものをみなが信じて創造してしまったといえるだろう。

「人間の心には偉大な力がある。その力を誤用あるいは悪用して、今回のような鬼もどきを創り出し、さらに人びとの心の力を吸って住吉大神の真似をして偽の神になろうとしている――これが今回の義善という生臭坊主どのの最大の問題点だ」

と晴明が結論づけた。

「悪しきものと判定した以上、戦うのだよな」

「それについては時機を見る必要があるだろう。先ほども少し触れたが、ああいう手合いは舌がよく動く。いくら議論をふっかけても論点をずらし、鰻のように逃げていく。挙げ句、安倍晴明こそ不信心者、僧を攻撃する堕地獄の行いをする者だ、と話をひっくり返してしまうだろう」

実資が唸る。

「内裏にもそういう奴はいるな……」

そういう相手の場合、下手に議論をしようとしたり、間違いを正してやろうとしたりしても、たいてい言うことを聞かない。ただ、不思議なもので、放っておけば勝手に人の不評を買って自ら窮地に陥っていく者も多かった。

「物事には何事も芽生え、成長して盛りを迎え、やがて衰退し、死滅するという循環がある。四季が巡るようにな。だから、悪も放置しておけば崩壊する瞬間、あるいは崩壊させやすい時期が出てくるものよ」

そう言って晴明がふっつりと言葉を切り、一月の庭を眺めながら考え事を始めたようだ。

実資はぬるくなった白湯を飲み、晴明がどのように考えをまとめるかを待つことにした。

どこからか牛車が大急ぎでやってくる音がする。

まさか、ここには停まらないよな、と願いながら実資が何となく耳で追う。

だがこういうときの願いは得てしてむなしくなるもの。このときも同じだった。

晴明の邸の前で牛車が停まる気配がする。

ほどなくして大きな声がして、六合が対応に出る。

まったく、晴明の考え事の邪魔をしたのは誰だろうか——そんなことを思っていると、六合が戻ってきて、晴明に告げた。

「主さま。藤原道長さまの使いの方です。急ぎ、相談したいことがあるとのこと。実資さまと安法さまもお戻りであれば、ご同行願いたいとのことです」

実資が晴明を見、その晴明は六合に振り向く。

「道長どのが……？」

西の空に烏が鳴いていた。

晴明と安法、実資が道長のところへ行く頃にはすっかり日が沈もうとしていた。

暗くなってきた間で道長が焦れたように三人を待っている。

「晴明どの。実資どの。このような時間に申し訳ない」

と殊勝に頭を下げるのも、生半なことではない。

「何かございましたか」

「ええ。そちらについてご相談したいのですが、その前に教えてください。あの義善なる僧のところへ、晴明どのは赴かれましたか」

晴明が檜扇を小さく開いて口元を隠した。その晴明に代わって、実資が、

「今日の昼間、みなで行ってきた。ただ、あのえせ坊主のほうではわれわれが紛れ込んでいるのを知っていたようで、あやうくその場の聴衆に捕まりそうになったのだが、晴明の式のおかげで事なきを得た」

すると道長が、ますます深刻そうにしている。

「それでなのでしょうか。今日の昼間、この邸で奇怪な出来事が起こったのです」

「奇怪な出来事……？」

と実資が問い返すと、道長が険しい表情で頷いた。薄暗い室内でもそれとわかるほどに顔色が悪い。

「先ほどまで私はこの間で女房どもと物語をしたり、歌を詠んだりしていたのですが、そのときに見たこともない恐ろしいものが現れたのです」

道長の声がかすかに震えていた。

道長の話によると、昼過ぎの時間、物語も歌もそれなりに楽しんでいたときに、庭に妙な気配を感じたのだという。

その気配に引っ張られるように庭に目を転じたときだった。

あなや、とその場の者たちは腰を抜かした。

そこには間の天井まで届きそうなくらいの背丈を持った巨大な童が立っていたというのである。

童は怒りの形相で周りを見回し、間にいる道長たちを見つけるとにやりと笑った。

みつけたぞ。みつけたぞ。

今夜かならず殺してやるぞ。

鴨川の高僧の法話を穢(けが)した罰。

紀伊国の神の怒りに触れて、
末代まで呪(のろ)われるがいい。

見ていると心が萎(な)えていくような笑いと、身の毛もよだつような言葉を残し、巨大な童は消えていったという……。

話が終わると、晴明が髭のない顎をつるりと撫でた。

「なるほど。それで急いで私のところへ人をやったということですね」

はい、と道長が頷いている。

安法が申し訳なさそうに、

「やはりあの庵で法論のひとつも挑むべきであったでしょうか。とはいうものの、私も仏道修行者の端くれとして経典を読み、修行をしているつもりですが、恥ずかしながらかかる魔物へ対処できるほどの法力もなく――」

「仕方ありますまい。これはちょっと特殊な事態になっているようですから」

晴明が秀麗な面立ちに笑みを浮かべて慰めの言葉を使った。

実資は額をかきながら、

「鴨川の高僧、というのはあのえせ坊主のことだろう？　よく俺たちから道長のところへたどり着いたな」

「あの聴衆の中に、道長どののところか安法どののところの女房がいたのだろう」

「たしかに、今日も当家の女房が外出していたようです」と道長。

「そこからバレたかな。では、どうして晴明や俺たちのところにそのあやしのものが来なかったのだろうか。……いや、これは愚問だったな」

と実資が言うと、晴明も苦笑で答えた。

「あの生臭坊主どのは俺に紛れ込んでいたのが私たちだとわかった。わかったものの、私には勝てないと踏んだのだろう。それで、法力を持たず、そのような出来事に明るくないだろう道長どのを狙った」

「左様でございましたか……」

と道長は頭を抱える。

晴明と実資も、庵で何があったのか、それについて晴明がどのように考えているのかを説明した。

間に明かりがともされる。

ひととおりの説明が終わると、道長が唸った。

「もうしばらく様子を見るしかないのでしょうか。だが、先ほどの巨大な童は今夜殺すと言っていた……」

　これについては晴明はきっぱりと言った。

「そのつもりでしたが、方針を変えます。あの生臭坊主どのとは今夜決着をつけます」

おお、と道長と安法が喜ぶ。

「気が変わったのか、晴明」と実資が確認した。声に若干の喜色が混じる。

「変わった」

「どうしてだ」

「生臭坊主どのが明らかに呪をもって道長どのに危害を加えようと脅してきたこと、および、使おうとしている呪が放っておけない種類のものだった」

　一同に緊張が満ちた。

「そんなに危険なものなのか」

「ここにいる者たちなら話程度は聞いたことがあるはずだ。どのようにしてあの呪を手にしたのかはわからぬが、おかげであの生臭坊主どのの呪は不完全だったようだ」

　晴明の顔つきが険しい。その表情には明らかに「悪、許すまじ」という念(おも)いがありありと見て取れた。

「その呪とは——？」

「本来ならば巨大な童が弓を構え、敵国降伏・鎮護国家のためにその矢を放つ修法。——ここまで言えばわかるだろう」

実資たちが息をのんだ。

「それは——大元帥法か」

宮中においてのみ、それも正月のみに許される密教の大修法である。

入唐した僧によってわが国にもたらされた修法で、大元帥明王を本尊として行う。晴明の言葉どおり、敵国降伏・鎮護国家を目的とするが、その目的のために必要な範囲での怨敵・逆臣を呪詛して死に至らしめる力も当然ながら持っている。

その修法の性格上、一個人が誰かを攻撃するために使ってよいものではない。

とはいえ、道長たちが九死に一生を得たのは間違いないだろう。

「本物の大元帥法であれば七日にわたって執り行われる大修法。それが今日の昼間の出来事に呼応してすぐに発されたとなれば、まがいもの、あるいは聞きかじりの儀式だろうと予想はつく」

「では、本来の大元帥法ほどの威力はない……?」

と実資が尋ねると晴明は白皙の美貌の眉間にしわを寄せた。

「聞きかじりで手を出したからこそ危険なのだ。本人はたいそうな高僧のつもりでいるかもしれぬが、生霊の暴走どころではない。邪法によって得体の知れぬあやしのものが雲霞の如く群がり、大元帥明王を名乗って猛威を振るうやもしれぬ」

「あなや」と実資が驚愕する。「でも、おぬしなら打ち払えるのだろう?」

「打ち払うだけなら何とかなる。だが、言っただろう？　決着をつける、と」

そう言って晴明はすっかり暗くなった庭に面を向け、騰蛇と天后を呼んだ。

「ここに」

「おそばに」

簀子にふたりの式が膝をついて頭を垂れている。

「何をするのだ」と実資が問うと、晴明は立ち上がりながら、

「ちょっと出てくる」

「おいおいおいおい。待ってくれ」実資が脂汗を噴き出す。「大元帥法が来るのだろ？」

晴明は道長に南西の方角で空いている局がないかを確かめていた。あります、と道長が答えると、その局へ案内を求める。

「あの生臭坊主のよって立つところは、自らが紀伊国の神の力を得ているという一点だ。それを崩すために、いまから局に結界を張り、天后の案内で本物の紀伊国の神を探してくる。そして紀伊国の神に言い切ってもらうのだ。あの生臭坊主の指導など、してはおらぬ、とな」

かわいらしい女童姿の天后が真剣な表情で頷き、ついてくる。

騰蛇は晴明不在の間の守りを固めるために、庭に降り立っている。

「待て待て。ここから紀伊国までどのくらい離れていると思うのだ」

晴明と道長のあとを早足で追いながら、実資が尋ねた。

先ほど、天后は都の南東、鴨川の庵から晴明の邸まで瞬きするほどの間に実資たちを運んでくれた。だが、都から紀伊国となればいくつもの山を越えなければいけない。

「肉体を持っての移動となれば天后とて大事になろう。だから、体はここに置いていく」

晴明がすさまじい内容をあっさりと言った。

「体はここに置いていくって、どういうことだ」

「人間は肉体と魂でできている。いま私は魂だけを遊離させて天后に案内させて、瞬きほどの間に紀伊国へ行ってくる」

もはや常人の理解の及ぶところではないことだけは、はっきりとわかった。

「紀伊国の神とやらはどこにいるのだ?」

「さあな。神社に祀られていればよし。もしかしたらどこかの山にひっそりと隠遁されているかもしれぬ。いずれにしても神社におられる神々に聞けば何かわかるだろう」

「……出たとこ勝負ってことか」

晴明が不敵に笑う。「そうとも言うな」

「それで倒せるのか」

「本当なら、次の五のつく日にあの庵に出向いて、目にものを見せてしまったほうが早い。取り巻きどもが、あの生臭どのの本性を知って落胆すれば、それだけで取り憑いているあやしのものも本人も呪力ががた落ちするだろうからな。だが、いまはそんな余裕はない」

晴明のなそうとしていることを聞いて、なるほどと思った実資だったが、ふとあることが気になって尋ねた。

「もし万が一、本物の紀伊国の神があの坊主に力を貸していたとしたら、どうなるのだ」

晴明はちらりと実資を振り返る。

「かなりまずいことになる」

実資は軽くめまいを覚えた。晴明がこのような自信なさそうな発言をきっぱり認めるとは……。だがここで自分がひっくり返ったら、道長や安法がなおさら不安になる。実資は踏ん張った。

局に入った晴明は四方に霊符を張り、天后がどこからともなく取り出した麻縄で結界を張った。

「すまんが、この局には誰も立ち入らせないでくれ」

「わかった」

「それでは行ってくる。——天后、頼むぞ」

案内した道長と実資が簀子へ出ると、かしこまりました、という天后の声がした。

西の空に夕日の最後の名残が消えようとしている。

晴明を局に残し、実資、道長、安法は母屋に集まっていた。心を落ち着けるために安法が『観音経』を誦し、残るふたりもそれを合掌しながら静かに聞いている。

どのくらい時間が経っただろう。

枝の折れる乾いた音がした。

庭に立っている騰蛇が太刀を抜く。

「来たな」

その言葉に呼応するように、庭の木の辺りが陽炎のように揺らいだ。

やがてそれは何かしらの形をとりはじめ、徐々に薄闇の中にあって人の形を明瞭に取った。

——見つけたぞ、見つけたぞ。

道長に安法に実資までいる。

まずは三人、血祭りにあげてくれる。

声の主は三本の角を生やした巨大な童であった。

にやにやと笑いながら、右手に太刀を背負っている。

「昼間の童だ」と道長が叫んだ。「いや、昼間はあんな角はなかったし、太刀も持っていなかったはず」

道長の訂正に、騰蛇が眉を吊り上げる。

「へっ。どっちでもいい。俺はあいつを抑え込んでいればいいんだからな」

騰蛇は手のひらに唾を吐き、自らの太刀を抜き放った。

背丈だけなら騰蛇より遥かに巨大な童を相手に、まったくひるむところがない。

その童の姿だが、実資が目をこらすと、まるで鬼のようにも見えた。

鬼のようにも見えるのだが、ふとすると童のようにも見える。

それだけではない。何かしらの真っ黒な立像のような姿にも見える。

――見つけたぞ、見つけたぞ。

「この声……あのえせ坊主の声に似ているな」と実資は独りごちた。

太刀を背負うようにしている童が、醜い笑いを浮かべている。

その時だった。

――神罰を食らえッ。

巨大な童の体から、まるで泥のようなものが噴き出す。

よく見ればそれは、泥ではなく、蛇の群れだった。

蛇が苦手な道長が思いきり顔をしかめる。

「さっそく来やがったな」

と、騰蛇が勇猛な笑いを浮かべながら自らの太刀を薙ぐ。

無数の蛇の頭が吹き飛ばされる――。

――おうおう。わしの邪魔をするか。

神罰恐れぬか。

この国できさまを守ってくれる神がいなくなるのを恐れぬというのか。

「おあいにくさま。俺の方がたぶんあんたより神霊の格は上だ」

と騰蛇が蛇たちを駆逐し続ける。

同時に巨大な童が太刀を振り下ろした。騰蛇が受け止める。金属と金属のぶつかり合う音。真っ赤な火花。

それが数合――。

戦いの凄まじさに、安法の読経が止んでしまっていた。
童はにやにやしながら力任せに太刀を振り下ろす。
「くそッ」
騰蛇は童の太刀をあるいは受け止め、あるいは受け流し、あるいは避けていた。
——おうおう。
あとがないぞ。
貴様をまず八つ裂きにするぞ。
巨大な童は太刀を持ってない左腕を振り上げ、振り下ろした。
無数の蛇が騰蛇に襲いかかる。
舞踊のように俊敏に軽やかに太刀を操る騰蛇。
だが、一匹の蛇が騰蛇の太刀をかいくぐって、その肩に噛みつく。
「ぐっ」騰蛇が痛みに顔をしかめた。ああっ、と実資たちが悲鳴に似た声を上げる。
——ははは。
神に逆らった者の末路だ。

我は紀伊国の神であり、住吉大神であり、大元帥明王なり。

騰蛇が肩の蛇をむしり取った。その一瞬、巨大な童が太刀を振り下ろす。

その刹那――。

甲高い金属音がして童の太刀が弾き飛ばされた。

「主さまに後事を託されておきながら、なんと不甲斐ない」

月のように美しい女の声がした。

十二天将がひとり、美貌の式の六合が霊符を放って、童の太刀をはじき返したのである。

「あの野郎、ひとりだと思ってたら、あんな飛び道具を使いやがった」

「いかなる事態にも対処してこそのわれら十二天将。減らず口がたたけるようなら、肩の傷も大丈夫のようだな」

「――倍返しにしてやる」

騰蛇が太刀を構え直した。

六合は冷めた目つきでため息をつく。

「手助けが必要か？」

「こちらから攻めるならまだしも、守りながら戦うというのは性に合わなくてな」と騰蛇は庭を蹴った。太刀、一閃。童は脛を切られ、甲高い悲鳴を上げた。「六合、手伝ってくれるとありがたい」
「心得た」
騰蛇が太刀を払い、六合が霊符を構える。
脛を切られた童は泣き叫んだ。
巨大な童が闇雲に太刀を振るう。騰蛇と六合が追い詰める。
蛇を投げつける巨大な童とはいえ、ひとりでは十二天将ふたりに分が悪かった。
蛇が六合の霊符の前にばたばたと落ちていく。騰蛇が太刀を構えて童に迫った。
童が悲鳴を上げる。だが騰蛇は容赦なく太刀を振り上げ、六合は霊符を投げつけた。
「勝った」と道長が思わず声を上げたその時だった。
突然、雷鳴にも似た轟音が響き渡った。
あなや、と実資たちが耳を塞ぐ。
ついで、騰蛇と六合が母屋の中に吹き飛ばされて転がり込んできた。
「騰蛇！　六合！」と実資が叫ぶ。
ふたりの式は身を震わせながら手をついて体を起こした。
見れば、巨大な童の背中にさらに二本、腕が生えている。
その腕が騰蛇と六合を殴り飛ばしたのだった。
「くそッ」

騰蛇が跳躍。童に太刀を構えて迫る。

口の端に血が滲(にじ)んでいる六合も起き上がると、再び霊符を構えて巨大な童に対抗しようとした。

童が背中の二本の腕を振るう。

すると、先ほどとは比べ物にならない程の巨大な蛇が無数に出現した。

大蛇は宙を暴れ、騰蛇の身に迫る。

騰蛇が太刀を振るう。首を切られ、撥(は)ね飛ばされる大蛇。

だが、新しい大蛇が蟷螂(とうろう)の子のように湧いて出てくる。

六合の霊符が大蛇たちに張りつき、片っ端から消滅させていく。

だが、数が多すぎる。

とうとう大蛇が騰蛇の太ももに噛みついた。

別の大蛇が六合の腕を噛む――。

――われは神。

神はわれ。

神に敵対しようとした貴様らの罪。

神は罰する。

神罰をその身に受けて贖うがいい。

晴明はまだなのか。

実資は焦った。

このままでは騰蛇と六合がやられてしまう。

ふたりがやられれば、次は自分たちの番だろう。大蛇に噛みつかれ、巨大な童の太刀に切り刻まれる自分を想像して、実資はぞっとなった。

「晴明はまだなのか……？」

やはり、ここから紀伊国は遠すぎたのか。

紀伊国の神が見つからぬのか。

それとも——まさか本当に、正真正銘の紀伊国の神があのえせ坊主を指導していたのか。

実資の心が絶望しかかったときだった。

突如、月明かりよりも明るい光が、天から一筋、庭に差し込んだ。

光は広がり、大きくなっていく。

気がつけば、人間の形をとった光の塊が出現していた。

その光の暖かさに、実資はいま自分が置かれている状況を忘れた。道長や安法も、思わずその光をじっと見つめている。なぜかしら胸が熱くなり、涙がこみ上げてくるようだった。

――ぎゃあああああ。

童が突然苦しみ始めた。

――やめろ、やめろ。


童はもがき、太刀を放り出すと、四本の腕で頭をかきむしりながら後ずさりした。

光を浴びた大蛇が次々とその場から蒸発していく。

「これは……？」

実資が呟いたときだった。

簀子の向こうから、聞き慣れた晴明の声が響く。

「何とか間に合ったようだな」

「晴明！」実資が喜びをそのままにその名を呼んだ。

簀子をやって来た白い狩衣姿の陰陽師は、不敵に微笑んでいる。側には天后が控えていた。

「生臭坊主。覚悟せよ」と晴明が閉じた檜扇を突き出すようにした。

「それでは、あの光が本物の紀伊国の神なのか」と実資が問うと、晴明は違うと首を振る。

「あの方は紀伊国の神ではない。結局、私は紀伊国の神がどこにいらっしゃるか、見つける時間がなかったのだ」

「では、あの光は――」

もがき苦しむ巨大童。背中の二本の腕が消えた。

「紀伊国の神は見つからなかったが、あの生臭坊主どのはもうひとつ手がかりをくれていた。生臭どのは、自分の力の根源を紀伊国の神と言っていたが、同時に紀伊国の神とは住吉三神、つまり住吉大神でもあると言っていた」

母屋の前まで来た晴明の側に、負傷したふたりの式が隙なく控える。

実資はその晴明の横に立って、

「そうか……。では、あの光は――住吉大神」

晴明が頷く。

「私は天后の力で紀伊国から今度は摂津国へ渡り、住吉大社を詣でると、住吉大神さまに事情をご説明した。住吉大神さまは事態を憂えて、お力を――ご自身の分け御霊を使わすことをご決断くださった。すなわち、いま眼前に現れているのは本物の神の光なのだ」

そうして話している間にも、童はもがき苦しみ、何かを求めるようにその場をさまよっている。大蛇がいなくなり、背中の二本の腕も失った童は、今度は全身からもうもうと黒い煙を立ちのぼらせている。

「晴明。あれは――？」

「本物の神の光に触れて、偽物の仮面が剝がれていく姿よ」

童の体はますます小さくなり、普通の童程度の大きさになってしまった。

光の塊のような住吉大神が柏手を打った。

邸の敷地全体がそれだけで清められるような、清冽な音と波動。

――ぎゃあああああああ。

すっかり小さくなった童は、断末魔の悲鳴をあげて姿を消した。

「今度こそ、終わったのか」

と実資がつぶやく。晴明が恐らくそうだろうと頷き返した。

晴明は簀子から降りると住吉大神の分け御霊の前にぬかずいた。ふたりの式神も、傷を負ってはいたが、主にならう。

「住吉大神さま。この度はお力を賜り、まことにありがとうございました」

『私の名を騙る者が出てくるとは嘆かわしいこと。神は神のところに現れるが、あのような破戒僧の元には現れぬ。そのくらいの単純な理屈は諸人もわかっていると思っていたが……』

「此度のこと、教訓として語り継いでまいります」

住吉大神は柏手を三度打った。

すると先ほどの童に傷つけられた騰蛇と六合の傷が癒えていくではないか。

ありがとうございます、と晴明が改めて礼を述べると、住吉大神の分け御霊は一際大きく光を放った。

光が止むと住吉大神の分け御霊の姿はその場から消えていた。

「あれが本当の神の光なのか……」

と実資が呆けたように言う。道長も安法も、あまりの神々しさに言葉を失っているようだった。

「分け御霊であれほどであるのだから、本当のお姿はどれほど偉大かということだ」

「人間は神の前に謙虚にならないといけないな。いや、その本当の姿を見たら、そうならざるを得ない……」

実資の率直な感想に晴明の顔に微笑みが戻る。

「実資の言うとおりだ。それを騙るのだから、業の深いことよ」

「あの坊主はどうなるのだ？」

これまでの実資の数少ない見聞で言えば、あの童――外法の大元帥法の呪がまるごとあの義善に襲いかかることになるはずだ。

それだけでも無事ではいられまい……。

「さてどうなるか。私にもわからない」と晴明が夜の冷たい空気を胸いっぱいに吸った。

「ただ住吉大神さまの話では、あやつのことは既に知っていたそうだ。だからこそ、私程度の人間の願いでわざわざ分け御霊を使わせてくださったのさ」

「あなや」

「それはそうだろう。自分の名前を騙り、信仰を混乱させる不届き者のことだからな。ついでにいうと本物の鬼たちも、あやつが偽の鬼――鬼もどきを使って人々を脅かしては自らの偽の〝法力〟で救ったかにみせ、金品を貢がせていたのは知っていたそうだ」

実資と道長、安法の三人が互いに目配せし合う。

「晴明。念のため確かめておきたいのだが、ここでいう本物の鬼というのは――」

「実資が遭遇したことがある百鬼夜行の鬼。それから、御仏に帰依して地獄の獄卒として悪人を懲らしめている善なる鬼。その両方だ」

「…………」

この世離れした美形の陰陽師は小さく笑った。

「ふふ。呪が返るだけではなく、本物の鬼どもが奴を放っておくまいて。本物の鬼の恐ろしさは、どんな極悪人でも泣いて命乞いをするほどだからな」

「さすがにあの坊主がかわいそうに思えてくるのだが……」

晴明は軽く開いた檜扇で口元を隠して、

「『正しい信仰がない人間には因果の理法は見えぬ』などと生臭どのはご大層なことを言っていたが、そっくりそのまま返してやろう。因果の理法を真に説きえるのは真の神仏、釈迦大如来だけ。仏陀の禅定と弟子である僧侶の禅定、さらには破戒僧の生臭禅定が同じ悟りの深さであるわけがあるまい」

風が吹いてきて枝を小さく揺らしている。その音が何とももの悲しい……。

「どうしてあの男はこんなふうになってしまったのだろうな」

「満月を指し示すことはできても、その満月を見るのはひとりひとり。一度は仏道修行というまっとうな道に入れる機会を得たが、そこから呪術と外道の信仰に引き寄せられていったのは、最後は自分の責任さ」

悲しいですがその通りです、と安法が両手を合わせている。

「自分のほしいままにした代償、ということか」と実資が言い換えた。

「おそらくあやつは死んで地獄に堕ち、何百年か何千年かを苦しむだろう。反省ができればまた転生輪廻の慈悲を得るかもしれない。だが、次生まれ変わっても住吉大神の名には恐れをなし、気も狂わんばかりになるだろうな。――まっとうな信仰を捨てて自分の心を裏切った罪はそれだけ重いのだ」

実資たちが沈黙している。

「心を裏切った罪か……」

すると晴明が音を立てて檜扇を閉じた。

「左様。おぬしも女王殿下のお心を裏切った罪を早く贖え」

「な、何を急に」

実資がしどろもどろになる。

「ははは。たしかにそうだ。行き違いがあったならきちんとそれをわびなければいけませんぞ、実資どの」

「黙れ、道長。年上をからかうな」

そのやりとりに小さく微笑んで、晴明がひとりつぶやく。

「大元帥法……。たとえ聞きかじりにしても、あの程度の破戒僧がなすには大きすぎる。本当にあの者だけでできたのだろうか。そして本当は誰を狙っていたのだろうか……」

風が晴明たちの衣裳を揺らした。

第四章　賀茂祭と道真の怨霊

都も二月になると、居座っていた寒さが和らいできた。

梅のつぼみが膨らみ、濃厚な甘い香りがそこここに立ち込めている。

「花の咲く前のほうが香りが強い――。梅の花は不思議なものだな」

安倍晴明（あべのせいめい）が邸（やしき）の庭を眺めて一人つぶやいていた。

春の訪れを告げる若葉緑に、梅の香りが合わさった庭は、何ともいえない雅（みやび）な心地になる。

晴明は再び筆をとった。

誰（だれ）にも命じずとも格子（こうし）が閉まる。姿形は見えないが、晴明の式の誰か――おそらくは六（りく）合（ごう）がそうしてくれているのだろう。

姿を見せないのは晴明の邪魔をしないため――。

いま、晴明は普段くつろいでいる母屋（もや）とは別の間で、占（せん）で使う式盤を前にして深く深く思いを集中させようとしていた。この式盤は、正しくは六壬式盤（りくじんしきばん）とも呼ばれている。天盤と呼ばれる円形の盤と、地盤と呼ばれる方形の盤を組み合わせたもののため、天地盤とも呼ばれていた。十干、十二支などが細かく書かれていて、正しい材料で正しく作られた式盤には呪力が宿る。そのため、卜占のみならず、調伏にも用いられた。

晴明は心を研ぎ澄ませて、式盤を繊細に扱っている。

天の動き、地の呼応。またその逆。

森羅万象の動きと、それらが示す未来の微細な兆候を見落とすまいとして、晴明は心を広げ、念いを敏感にし、百里先の針の落ちる音でも聞き逃すまいとしていた。間の中には、晴明と式盤を中心としておびただしいまでの紙が散乱している。

無数の文字と様々な図や線が書き込まれていた。

これらの紙と必要な墨は、式が目に見えない姿のままに調えてくれている。

いま晴明が魂を削るようにして探っているのは、

「さて、昨年から年初までの怪異はつながっているのか、否か」

である。

まず婉子の生霊の騒ぎがあった。

これについては正体が藤原道信とわかって解決を見た。

だが、その道信の正体に行き着くまでに、藤原道長の物忌みがあったことは見逃せない。

この物忌みでさらなる怪異があった。すなわち、道長のもとに何者かによって呪いをかけられた瓜が届けられたのである。

季節外れの瓜を食べて呪いに当たることこそなかったものの、道長に呪が向けられた事実に変わりはない。

呪いの瓜は、最終的に晴明の神通力によってその魔障は退けられた。

これらの騒動のあと、しばらくして実資が熱で倒れた。

熱を出すこと自体は珍しいことではない。疲労も溜まっていただろうし、婉子を狙っていた道信の生霊を返すために実資の名を用いた反動も——当人には話していないが——あったといえるだろう。晴明の予想の範囲内の出来事だった。

だが、ここでも怪異の知らせがもたらされた。

婉子の使いで見舞いに来た典侍の話に端を発する。かつて花山院のもとで内侍司にあったさる女官が出家して尼僧になったものの、色欲にまみれて転落。行方をくらましたという。

その尼僧・妙春が道長の邸の前で行き倒れているところを発見されるに至って、道長は再び怪異と遭遇した。妙春はすでに身も心も色欲の魔物に食われていた。

かような怪異の場合、いかなる目的でさまよっていたかは明白である。道長を色欲の世界へと誘い、転落させてしまおうとしていたのだろう。

これについても、晴明らの働きによって調伏されている。

さらについ先日の出来事──婉子の宴に参加した折、安法から声をかけられ、悩み相談を持ちかけられた。安法と道長の所の女房が、素性のわからぬ破戒僧・義善の庵に出入りしては、それぞれの邸の金品を持ち出しているという。

義善は自らを紀伊国の神の指導を受けたる者と名乗り、様々な邪法を駆使していた。

結論としては晴明たちによって撃退されたわけではあるが、かの義善が駆使していた邪法の中には、一介の破戒僧には手が出せそうにない大元帥法という密教の奥義の片鱗があったのは見逃せない出来事だった……。

ここまで見てくれば、個々の出来事はそれぞれに厄介ではあったものの、最終的には討ち滅ぼされて何事もなく過ごしてきたように見える。

ところが、である。

これらの怪異の全てに登場する人物がいるのが引っかかるのである。

一人は婉子女王。花山院が帝であった頃、王女御と呼ばれていた人物である。

しかし彼女については、すべての出来事にその名が登場するとはいえ、彼女自身が呪いの対象となったのは一度だけである。

もう一人、いる。

こちらは婉子よりも深く、すべての怪異に関係している。

それが藤原道長であった。

そのうえ、道長は常に何らかの形での呪いの対象とされている。

はたしてこれが偶然か否か。

もし偶然であれば、何故にそこまで偶然が重なるのか。

偶然でないのだとしたら、そこにはどんな原因なりつながりなりがあるのか――。

晴明はこれらの裏に潜む何かを探そうとしていた。

もっとも引っかかっているのは、やはりあの義善がどのようにして宮中でのみ執り行われる大元帥法を、部分的にとはいえ駆使することができたのかということである。

調べてみたところ、あの義善はごく短い期間だが密教の修行もしたようであった。まんざら何もかもがまったくの我流ではなかったようだ。大元帥法についても、聞いたこともあったかもしれない。

しかし、その行じ方の伝授が許されるところまでは、修行していなかったはずである。

何しろ、国家の命運を懸けた大法なのである。

「つまり、国家の命運を握りうる者が力を貸していた……?」

しかし、それもにわかには信じがたい。

道長が呪われるほどに恨みを買う理由があるとすれば、帝の落飾に加担したことだろうが、首謀者は道長の父の兼家であり、その右腕となって活躍したのは道長の兄の道兼である。あの政変において道長の出番は少ない。

あれほどの修法をもって呪うなら、兼家を狙うべきだろう。

どこかに何かの見落としがないだろうか。

ほかに共通する符合めいたものはないだろうか。

しばらく沈沈と考えを深めていた晴明だったが、大きく息を吐いた。


そうか。

そういうことだったのか……。


そのとき、ひとりでに間の格子が開いた。

あらためて梅の甘い香りが、さっと室内に流れ込む。

「すっかり春の陽気だな」

春の日差しが庭に暖かく降り注ぎ、小鳥たちも遣水で遊び、喜びにあふれている。

梅の花の香りが心に沁みる。

そこへ六合が控えめに声をかけた。

「主さま。実資さまがお見えでございます」

晴明は小さく頷くと秀麗な面立ちに楽しげな笑みを浮かべ、「そうか。通してくれ」と友人の訪いを迎えるために立ち上がった。

月が改まった宮中はやや落ち着いている。

四日に、その年の五穀豊穣と国家安寧を祈る祈年祭が終わると、いわゆる宮中行事が一段落を迎えるからだった。

ある者は先月はどうしてあれほど忙しかったのかと疲労のため息を漏らし、別の者は先月は毎日毎日行事が目白押しで楽しかったと思い出していることだろう。

晴明の邸に遊びに来た実資が、

「年が改まって早々に叙位もあり除目もあり、その後ずっと行事続きでは誰もまともに仕事ができぬからな」

と、杯を手に苦笑している。

「まったくだな」

と晴明も頷き、庭の小鳥のさえずりに耳を傾けていた。

ふたりの前には六合が出した杯が並び、量は多くないが酒と肴が用意されている。

春うららかなり、と実資がつぶやき、杯を目の高さに上げると、杜甫の漢詩「春望」を諳(そら)んじてみせた。

国破れて山河在り
城春にして草木深し
時に感じては花にも涙を濺(そそ)ぎ
別れを恨んでは鳥にも心を驚かす

その題とは裏腹に、描かれているのは戦禍に翻弄(ほんろう)される国と人の姿だ。
行く末が見えぬ暗澹(あんたん)とした人間世界に対して、大自然は春を迎えて華やいでいる。
官吏でもあった杜甫の、世を憂える心情も織り込まれ、傑作中の傑作といえた。

「やはり実資は詩人だな」

と晴明が冷やかすように言うと、実資は肩をすくめた。

「俺(おれ)にとって漢詩や歌は、読み手の人生や心情を知るとともに、自らの心の中の何かに言葉を与える手段よ」

「ほう？」

「だから、俺がこのような詩を口にするときは杜甫と一緒。現世(げんせ)に嫌なことがあったときに、その憂いを晴らそうとしているに過ぎない」

「おぬしのそのような心情は、よくわかるよ」

と晴明が答えると、実資はさらにほろ苦く笑い、杯に口をつけた。

六合が静かに琴を爪弾(つまび)く。

「宮中でまた何かあったのか」

と晴明が尋ねた。

「あった」

と、実資が短く答える。

「何があった」

と晴明が先を促すと、実資は杯を置いて苦い顔をした。

「道長の奴(やつ)がな――」

「道長がどうした」

「先の叙位で従四位上(じゅしいのじょう)になったのはいいのだが、途端に大きな顔をし始めた」

実資の嘆きに、晴明は目を細めつつ髭(ひげ)のない顎(あご)を撫(な)でる。

「よくある話ではないか」

経験の浅い若い貴族や器の小さな者には得てしてそういうところがあるものだ。

「まあ、それ自体は貴族にはよくある話だし、取り立ててどうこう言うつもりもない。若気の至りということもあるしな」

「前々から思っていたが、おぬしは道長どのに案外甘いのだな」

実資はますます苦い顔をしたが、ふっと肩の力を抜いた。

「まあ、そうかもしれぬ。一緒に仕事はしたくないが、遠くで見ているぶんにはをかしな男だと思っている」

「ふふ。日記之家（にっきのいえ）の当主は人物評も斬新だな」

「道長の父である兼家が、帝の後見人である摂政（せっしょう）となった。人臣では初めて摂政となった藤原良房（よしふさ）以来の、帝の外祖父としての摂政だ。そんな摂政の子である道長も、それなりに大きな顔をしたくなるのは人情というものさ」

そう言って再び杯に手を伸ばし、実資は酒をあおった。

「ふむ。そうは言いながらも随分飲むではないか」と晴明。

「何とも気分が晴れなくてな」

「お主の気が晴れぬというのは、なかなかに珍しいではないか。それほど厄介な政（まつりごと）の問題でも持ち上がったか」

「そうではない。政ならば、どうぞご勝手にという気持ちだよ。何しろいまの俺は蔵人頭（くろうどのとう）ではないしな」

「ならば、何が気になる」

「――道長が祭りにまで口を出すのはどうかと思うのだよ」

「祭りのこと？」

晴明が杯を持つ手を止めて、実資を見た。

二月に宮中行事が少ない代わりではないが、三月四月は再び多くの行事が催される。その中でも、貴族や役人のみならず、都の人びとまでもが待ち望んでいる行事といえば、四月の中の酉の日にある「祭り」――賀茂祭である。

賀茂祭は文字通り賀茂大社の祭りを指す。石清水八幡宮の臨時祭を南祭というのに対して、賀茂祭を北祭ということもあるが、都の人びとにとって「祭り」といえば何は無くとも賀茂祭を連想させる。さほどに有名であり、楽しみにされている祭りなのだ。

当日は、冠や牛車、桟敷の簾などを賀茂葵で飾り立てた壮麗な行列が、内裏を出発して賀茂大社まで続くのである。

「道長は、祭りに対して飾りが華美に過ぎるのではないかという提案をしてきたのだよ」

「要するに、祭りの飾りや行列を簡素化せよということなのか」

と晴明が確認してきた。

「そういうことだ。人びとがせっかく楽しみにしている祭りだぞ？　それを華美だと抑え込むのはどういう了見なのか」

「ふむ……」

　と晴明がゆっくりと杯を口に運ぶ。

「確かに壮麗な祭りではあるし、飾りがどんどん大きくなっているような気もしないでもない。だが、そもそも振り返ってみれば賀茂大社の神々への捧げものとしての祭りではないか。それを若い貴族が勝手に簡略化させようというのは、あんまりではないか」

「実資の意見が正しいように私にも思われるな」と晴明が答えた。

「そうだろう？　そのうえ道長は、賀茂祭だけではなく祇園御霊会も同じように行列の簡略化をさせようと考えているらしい」

　実資の言葉に、晴明が明らかに眉をひそめた。

「なぜだ？」

　祇園御霊会とは文字通り御霊――怨霊たちを鎮めるための祭りである。道長との以前の会話でも出てきた早良親王以下の六怨霊を慰めるために行われていた。

「種々の理由は述べているようだ。曰く、帝の代替わりに伴う様々な行事の出費、それから奇病の後始末、それに地方の田畑の不作による税収不足。だから、祭りよりも実際の人々の暮らしが大事なのではないか――と、まあそんなことを言っていたらしいが」

「それで宮中の方ではどういう反応だったのだ？」

「賛成する者がだいぶ多いな」

「だいぶ多いか」

晴明が飲みかけの杯を持ったまま動かない。

「道長は一見すると押しが強いが、意外に柔軟に対応できる男だしな。父親は摂政で先の叙位などでも順調に勢力を伸ばしてきているし」

「みな、勝ち馬に乗ろうとするか」

実資が軽く頰を崩した。

「そもそも道長の言っていることは、それぞれは正しい。帝の代替わりに伴って金がかかるのはその通りだし、奇病も流行った。思ったよりも昨年の米が少なくて税収が振るわないのもそうだ」

「要するに、貴族たちの耳には聞こえの良い話が並んでいるということだな」

「そういうことだ。これが藤原北家九条流の血筋というものなのかね」

「ふむ？」

「同じ北家でも小野宮流の俺にはどうにも納得がいかなくてな。理屈というよりも、何かこう、胸の奥というか、腹の奥のほうでこれでいいのかという想いがどうしても消えない。それでお前の顔を見に来たんだ」

そこまで話して、実資はやっと杯を干した。

「私の顔を見たところで気分が安らぐこともないだろうが」

「十分気分が休まったよ」

「ふふ。そうかお前は変わっているな」

「そんなことはない。少なくとも、道長のやり方に対して俺の感じ方がおかしなものではないとわかった」

「はは。私は釈迦大如来でも天帝でもないぞ。私を善悪の物差しに使ってもはじまるまい」

「俺から見れば、おぬしは厳しく善悪を峻別する力を持っているよ」

「陰陽師の陰と陽は善と悪も含まれるからな」

と晴明が実資の杯に酒をついでやる。

実資はその杯には口をつけず、晴明に対して威儀を正した。

「晴明。俺と一緒に道長に会いに行ってくれないか。言葉の真意をただし、場合によっては撤回を求めたい」

「たしかに道長どのの言動はやや気になるな」

「そうだろ？　頼むよ」

「よかろう」

「恩に着る」

そう言って実資は、晴明についでもらった杯を一気にあおる。実資は杯を下ろすと無邪気に笑った。今日、晴明のところへ来てみせる、初めての心からの笑顔だった。

翌日、道長の邸に着くと、当の道長が自ら門まで出てきて朗らかに出迎えた。

「これはこれは。実資どのに晴明どの。ちょうど当家の梅もほころび、いまが盛りと匂っているところ。何もない邸ではありますが、せめて梅の匂いだけでも馳走できればと思っていたところです」

道長が相好を崩している。

「おぬし、そんなに梅の花が好きだったか？」

「嫌いではなかった。けれども、今年の梅はことのほかよい」

出世したから何もかもがうれしいのか。まさにわが世の春ということか。

実資は穏やかに微笑みながらそんなことを考えている。

だが、道長が自慢するだけあって、たしかに今年の梅はいつになく強い匂いを放っていた。それは認めなければなるまい——。

「たしかによい匂いですな」と晴明が雪解け水のように清らかに微笑みながら、梅の匂いを楽しんでいた。「今を去ること八〇年以上あまり昔、大宰府に左遷された菅公も春の梅を愛でるのを何よりも楽しみになさっていましたね」

大宰府に左遷された菅公というのは、菅原道真のことである。道真の梅好きはよく知られている。大宰府に左遷されるに際して、自らの邸の梅の木にこんな歌を詠んだと言われている。

東風（こち）吹かば　にほひおこせよ　梅の花
　主なしとて　春な忘れそ

――東からの春風が吹けば匂いを届けておくれ、梅の花よ。主人である私がいなくなったからといって、春を忘れてはならぬぞ。

道真は大宰府に向けて旅立つのだが、この歌を託された都の梅の木が道真の到着の日に一夜にして大宰府へ飛んできたという飛梅伝説が残っていた。

そのような道真であるが、大宰府への左遷は藤原時平（ときひら）の讒言（ざんげん）によるものだったとされている。

もともと藤原氏の権勢の独占を快く思っていない宇多（うだ）帝に、藤原家に対するために重用されたのが道真だった。

右大臣にまで上り詰めるが、左大臣時平によって、「醍醐（だいご）帝の弟であり、道真の娘婿でもある斉世（ときよ）親王を帝にしようと画策した」との罪を着せられたのである。

道真は大宰府で失意のうちに客死した。

その六年後、道真を失脚させた時平が三十九歳の若さでこの世を去り、さらに醍醐帝皇子の保明親王が亡くなったり、清涼殿に雷が落ちて死傷者が多数出るなどするにいたって、道真は怨霊となったと巷間噂されるようになったのである。

現在、道真はお告げにより北野神社に祀られている。

道長は六怨霊として祇園御霊会の対象とはなっていない。

だが、道真は――藤原家の人間にとっては――ある種の禁忌となっていた。当然だろう。自分たちの政争の末に道真に濡れ衣を着せて怨霊にまでし、大勢の死者をも出したのである。

そのため、晴明がその名を急に、それもあっさりと口にしたことに、実資と道長は少なからず驚きの表情を浮かべていた。

「晴明、いきなり菅公の名を出して大丈夫なのか」

相手は怨霊なのだぞ、という意味を言外に含めて、実資が問うた。

晴明のほうはけろりとしている。

「大丈夫なのかも何も、大丈夫に決まっているだろう」

すると、道長のほうは、驚きの表情のまま別のことを尋ねてきた。

「その件で来ていただいたのではないのですか」

「その件？」

「立ち話も何です。まずは中へ……」

「わかりました」

母屋に案内され、実資と晴明が腰を下ろすと、「実はこれは、まだ父が考えているだけで、ほかの大臣たちにも帝にもお上げしていないのだが」と前置きして、道長が話を切り出してきた。

「菅公を祀った北野神社に官幣をもって儀式を執り行いたいと思っている」

実資は目を見張った。

官幣とは神祇官から格式の高い神社に捧げる幣帛である。律令に定められたものであり、つまり国としてその神社の神へ供物を捧げることになる。

実現すれば北野神社を格式高い神社と認定するだけではない。謀反人・菅原道真が神として祀られることを帝直々に認め、敬うことにつながるのだ。

「本当なのか？」

「ああ。本当だ。それで、その祭祀を安倍晴明どのに取り仕切ってもらいたいのだ」

「何だと？」

これも驚くべきことだった。

晴明は、名実ともに都で最高の陰陽師のひとりだ。だが、それは陰陽師としてである。

そして陰陽師とは中務省所属の役人であり、たどっていけば太政大臣に行き着く。祭祀を司る神祇官とはそもそも系統が違うのだ。

「何しろ相手は怨霊。ただの神職では荷が勝ちすぎるというものだ。まだ、あくまでもまだ私と父の間での話でしかないのだが……」

それもほんの数日前の話だという。

「まったくそんな話は聞いていなかったぞ」

と実資が不機嫌そうにしている。

「数日前のかかる父子の会話だけなら、聞いていなくて当たり前でしょうな」と、晴明が笑っている。「その件についてはやはり正式な帝の行事として行われるのであれば、いまこの場で私がお答えするのではなく、きちんと陰陽寮を通してご相談いただいたほうが良いと考えます」

「もちろんそうするつもりですけれども、その前に内諾というか、晴明どのの意向を伺っておければと思うのですが……」

だが、晴明は檜扇を細く開けて口元を隠すようにし、静かに道長を見つめるばかりである。

「いや、やはりそこは筋を通してもらったほうがいいだろう」と実資が日記之家の人間として意見を添えた。

晴明とて陰陽寮という組織に属している。それが組織の垣根を飛び越えて、摂関家と直接に公の行事の運営についてあれこれ話をしているとなったら、晴明自身の立場が面倒になるだろう。

「そういうものか」

「そういうものだよ」

道長は深々とため息をつき、額をかいた。

「組織というのは何とも面倒くさいものだな」と首を横に振る。「それでも人が自分ひとりではなしえない働きをして生きていくには大切なものなのだろうが……。組織自体がまるで人のようになって、金もかかれば面倒も見てやらねばならぬようになってくる。組織の命を守るために、肝心の人の命を犠牲にするようなときもある……」

実資が小首をかしげ、

「どうした、道長どの。随分と悟ったようなことを言うようになったではないか」

「父のもとで、帝の代替わりからこの方の政情を見るにつけ、そのぐらいは私でもわかるというものですよ、実資どの。だから私は、できれば組織というものはもっと簡単なものにしたいと思っているのです」

「ほう」

「できれば大宝律令の定めにある官職だけで済ませてしまいたい。しかし、蔵人などの令外官をすべて廃止するとなれば、いま令外官についている者たちが暴れるし」

実資には、道長が言いたいことも、その気持ちもよくわかった。

律令とその解釈を守るための日記之家の者として、律令の範囲を超えて多くの令外官ができてきたのを目の当たりにしてきている。それらはすべて、「必要だから」「時代が変わってきたから」という名目で設立されてきたが、かえって煩雑になったものもあるのではないか。律令はもともと唐の国政をまねている。わが国のあり方にふさわしく簡略化する必要もあるだろう。

そのような「律令」と「律令にはないもの」との混在によって、日記之家の重要さはますます増していくわけなのだが……。

けれども、内裏、あるいは大内裏の組織の簡素化は、道長も指摘したようにいま令外官についている者たちを無職に追いやる。

そうすれば、世情は混乱するだろう。

組織とは、それによって権力を誇示する者が出現したり、それによって利権の甘みを吸うものが発生したりするものだが、ときとして本来無用の職であっても働き口を提供して社会を安定させる最低限の保障であったりもするのだ。

令外官を除くとなれば、大勢の貴族や役人が路頭に迷う。

その恨みを買ってでも――場合によっては実際に自分か誰かの血も流しながら――改革

を進めるのは、難しい。

ゆえに大抵の権力者は、組織の簡素化よりもさらなる肥大化を選ぶ。

大きな組織でこれまでの組織を包みあげ、そこから旨みをすするほうを選ぶ。

せめてそれが民の血を吸うのと同義にならないようにするのが、律令の解釈者としての自らの役目だと実資は思っていた。

だから、九歳年上の実資は道長をなだめるのである。

「律令の頃の理想に戻れれば、それでいいこともあるだろう。けれども、現実の問題として北面の武士や蔵人たちがいなくなって、誰が内裏を、帝を護れるのかという疑問は残るのではないかな」

「………」

道長は黙っている。

「そのあたりは単純には割り切れぬよ」と実資は言って、あることに気づいた。「ひょっとしてその考えの延長で、今回の賀茂祭や祇園御霊会の飾りなどの簡素化を提案したのか」

すると道長がうれしそうに笑った。

「その通りです――」

道長が話を始めた。

そこから道長が展開した持論は、大体においては先ほど実資が晴明に語った通りの内容であった。

だが、道長はこの場だからこそ言えるような内容も口にした。

「先日破戒僧の義善が、女房どもや役人どもを自らの取り巻きにし、呪術を使って飯の夕ネにしていた事件があったではありませんか」

そのときの取り巻きであった道長の邸の女房および安法の邸の女房については、それぞれの主人から丁寧に説明をしている。「当家から出て行くか、それとも残るか」については本人たちに選ばせた。

結局、女房たちはそれぞれの邸に残ることを選んだ。

その代わりに、安法が推薦する寺できちんとお経の講義を受けることとしたのである。

「それとこれと、どう関係するというのだ」

「あの事件を見ていて私は思ったのです。人間は神仏がなければ、とてもとても生きていけるものではない。この世には辛いことも多いし、悲しいことも多いし、人間の力ではどうにもならない疫病もあれば、飢饉だってある。しかし、何もかもを神仏に頼りすぎるようであれば、それはまたあのような外道に食い物にされる隙を与えることにもなりかねないのではないか、と。おふたりはどう思われますか」

晴明が実資を促すので、実資は意見を述べることにした。

「やはりこの世で生きていく以上、人間は人間としての自らの在り方を探求すべきだと思う。その意味でおぬしの言ってることは正しいと思う」

道長の顔に笑みが浮かぶ。「それでは——」

「人間がこの世に生まれてきたのは、この世において何かしらをつけたすためだと思うし、自分のために生きるのではなく、他の人の幸せのために生きることが大事だと思う。しかしそれだからといって、神仏を蔑(ないがし)ろにしていいものなのか」

道長の表情が一変する。

「私は神仏を蔑ろにしろと言っているのではありません。そうではなくて、神仏のほうに回す金を少し人間の方にくれと言っているのです。みんな大変なのだから」

みんな、という無責任な言い方に実資はかちんとなった。

「みんな？　みんなとは具体的には誰だ？　どこにいる？　何人いる？」

「それは言葉のあやで……」

「おぬしの話は一見たしかに聞こえはいい。しかしそれでは道長どの自身のものの見方は、結局はあの破戒僧と同じく金や財で世の中を見ているだけではないか」

「どういう意味ですか」

「道長どのは祭りの飾りが華美だという。しかしながら、祭りの飾りとはそもそも一体どういう意味を持っているのか。祭りとはそもそも神への感謝を捧げる行為のはず」

「それはわかっています！」と道長が大声を出す。

「わかっておらぬ！」と実資も大声でやり返した。

「くっ……」

「神仏がそもそも人間にどれほどのものをくださっているのか。たとえば太陽。たとえば水。風、土、雲、木々。この世の万象万物、すべてがわれらを生かしめるために神仏から何の請求もなく用意されている。もし神がこれらの対価としての謝礼を要求したとするなら、われらはいくら金を積もうとも、いくら米を積もうとも、いくら布を積もうとも、天地一切の恵みに追いつくものではないだろう」

「そのくらいわかっている……」

と道長が小さく答えるが、実資の気持ちと、また彼をして彼ならしめている父祖伝来の知恵と大和（やまと）の心が言葉をさらに繰り出す。

「人間は神仏の恵みから見ればいかに小さい存在か。だからこそ、せめて年に一度、祭りにおいてできる限りの感謝を捧げようという祈りが、祭りなるものの本位に流れているのではないか」

それは浮かれて騒ぐことでも、行列で練り歩くことでもない。ただ、人間が自らの命が生かされていると知ったときにこんこんと溢（あふ）れ出る祈りなのだと実資は言っているのだ。祭りの飾りはひとつひとつが真心と祈りなのだ。それが権力や権勢を誇るためならば、あるいはそこに利害が絡み、利権が絡んでくるならば、その飾りは廃したらいいだろう。けれども、そうでないならば——祭りの飾りが人びとの真心と祈りの表れならば、それを神仏に届けるための大切な大切な行事なのだ。

言い過ぎたか、と晴明を振り返る。色白の美しい顔をした陰陽師は切れ長の目に微笑を浮かべている。「私の言うべきこともぜんぶ言ってくれたようだ」と晴明は実資に言い、あとはじっと道長を見つめるだけである。何だかんだ言っても一役人にすぎない自分だが、普段から神仏との世界に交わっている晴明のお墨付きがもらえたようで、安心した。

「——いま話を聞きながら、私は小さい頃、母に手を引かれて祭りを見物したときの気持ちを思い出しました」

と道長が言うのを聞いて、実資は笑みが湧いてきた。

「どんな思い出だったのだ？」

「まだ小さかったものですから、祭りの意味もわかりません。ただ、壮麗で美しいものを見て、幼心に神仏の大切さを感じたような気がしました」

「よい思い出だな」

そう言われて道長は小さく微笑んだが、また真剣な表情に戻って、

「それでは祇園御霊会についてはどうでしょうか。あちらこそ怨霊が相手ですから、神仏への感謝はありませんし……」

すると、これまで実資に話す機会を与えてくれていた晴明が小さく一礼して、口を開いた。

「こちらは陰陽師のほうが詳しいでしょうから、私から申し上げましょう。そもそも御霊会というのは祟(たた)りをなす怨霊を慰め、鎮めるための祭り。そもそもの興りから申しませば、祇園御霊会は貞観(じょうがん)五年に都の神泉苑(しんせんえん)において、早良親王・伊予(いよ)親王・藤原吉子(よしこ)・橘逸勢(たちばなのはやなり)など政治的に葬り去られた怨霊を鎮めるために祀ったのが始まり」

「そのとき祀られた怨霊六柱を、六怨霊というのですよね？」

はい、と頷いて晴明が続ける。

「元来、怨霊を相手にしているわけですから、その供養の心の赴くままにすべきです。ときの政や人間の都合で〝値引き〟などしようものなら、かえって祟りましょう」

「祟るのですか」と道長が真剣に尋ねる。

「祟りましょうな。どの方もまだまだ現役の怨霊であられる」

と、晴明が真剣とも冗談ともとれる口調で答えれば、道長は表情を曇らせた。

「先ほどの話に戻るところもあるのですが、仮に祇園御霊会を簡素化するとして、他方では菅公をお祀りしようとしています。これに問題はありますか」

「もしかしたら、やきもちを焼くかもしれませんな」

「やきもち、とは？」

「自分のところの祭りは手を抜いたのは、あとから出てきた菅原道真なる者に祭りを盗まれたせいだ、と」

恐ろしい話であるが、妙に人間くさいところもあるのだなと実資は思う。こういう人間くさいところが指摘できるのも、晴明が本当に彼らを〝知っている〟からなのだろう。

「六怨霊の話は私ももちろん知っていますが、亡くなられて大分経つ。そろそろ恨み心を捨てられてもよいのではないでしょうか」

「それをお決めになるのは道長どのではありません。むしろ、どうでしょうか。道長どのが何かでかんかんに怒っているのに、もういい加減怒っていないだろうなどと勝手に決めつけられたら」

「かえって頭にくる。話がこじれそうですね」

「それにわれらと怨霊の世界では時の流れが違うのですよ。怨霊の怨霊たるゆえんは怨念に凝り固まって時が止まっていることです」

「時が止まっている……要するに、怒ったまま、ということですか」

「平たく言えばそうなりましょう。怨霊が解けるには、まず彼らの心の中の時を動かさなければいけないのです」

晴明の話を聞いた道長は大きく息をついた。反発しているようには見えない。むしろ、丁寧に教わろうという姿勢のようにも見えるのだが……。

実資は、晴明と道長の話を聞きながら、自分が先ほど語った話なども振り返りつつ、道長のいう簡素化という考え方がどこから出てきたのか考えていた。

たしかにいろいろなものの見方はあるだろう。

人間の社会なのだから、金も限られているし、労力も限られている。

けれども、やはり人間は動物ではないのだ。

目に見えぬ存在へ感謝したり畏れたりできるのは、人間だけの特権である。

神仏や怨霊を蔑ろにし、現世における人間の生存を先に考えるのは、人間の退化のように感じるのはどうしてだろうか。

祭りの簡素化が、ありもしない神をでっち上げて邪法を使い、人を騙し、金銭を貢がせても構わないと振る舞っていたあの義善と、根っこではやはり変わらなくなっていくとどうしても思えてしまうのはなぜだろうか。

あるいは自分の言い分を通すために、夜な夜な生霊となって現れる者たちとも何ら変わるところがないではないか。

人間としてこの世で生きていく営みを放棄しろとか、庶民の生活を犠牲にして神仏に貢げと言っているのではない。生きていく大変さを知るからこそ、その中で尊いもののために何かを差し出す心、そしてそのようにして集まった真心の祭りを楽しむ心の豊かさ、それが人間の心の崇高さを護ってくれるものではないのだろうか……。

その後も、しばらく晴明と話をしていた道長だったが、やがてにっこりと微笑んだ。

「分かりました。晴明どの、実資どの。私が間違っていました」そう言うと道長は両手をつく。「賀茂祭や祇園御霊会の飾りなどを簡素にするという案はやめにします」

実資はほっとして息を吐き、晴明の顔を見た。晴明のほうはただ静かに軽く頭を下げるのみである。

それから数日後、藤原道長を主導として賀茂祭および祇園御霊会の飾りなどを簡素にすることが正式に決定された。

実資と晴明は、道長に裏切られたのである。

「やってくれたなぁ、あいつ」

実資が晴明の邸で怒りを露(あら)わにしていた。

ふたりで道長を訪ね、その場では「自分が間違っていた。祭りは簡素にしない」と言っておきながら、あっさりと賀茂祭や祇園御霊会を質素にしてしまったことに対してである。

「ふふ。政を担う者としてはよくある腹芸ではないのかね」

「悔しくないのか、晴明」

「道長どのはそういう選択をした。その報いはおってわかることだ」

冷めているのか辛辣なのか、いまいち判然としない。

「俺は悔しいよ」と実資。「自分のことが、というより、おぬしに対して道長が嘘をついてくれたことがたまらなく悔しい」

今日はまだ酒に手をつけてはいない。酔った勢いでの怒りではなく、あくまでも冷めた頭での、日記之家の当主としての考えのもとにおける公憤であると貫きたかったからである。

「とはいえ、たしかに困ったものだな」と珍しく晴明が嘆息している。「先日、道長どのに語った私の言葉、何か分かりにくいところがあっただろうか」

「いや、そんなことはない。素人の俺にもわかりやすかったよ。俺のほうこそどうだったろう？」

「だいぶ熱かったが、あれはあれでよかったのではないか」

「であれば、どうしてこうなったのだろうか……」

実資が頭を抱えていた。

晴明は涼やかな目つきで庭を眺めている。

「おそらくは、道長どのは最初から結論を決めていたのだよ」

「え？」

「われらが何と言おうと、飾りは簡素にさせる、と」

「そんなに予算がないわけでもないのだがなぁ……」

客人である実資を遇するのにいつも朗らかにしている六合も、今日ばかりは「まあ、まあ」と、困ったような顔をしている。

「六合どのもやはりおかしいと思われるか」

「もちろんでございます」

晴明が苦笑する。「私の式にわかることが、官位を持った貴族となると分からなくなるとは。嘆かわしいことだ」

「それにしても大丈夫なのだろうか、今度の祭りは。楽しみにしていたみなが、がっかりするのではないのか」と実資が憂えた。

「人びともがっかりするだろうが、それだけでとどまるかどうか……」

「やはり神々の不興を買うか」

「同じく簡素な飾りになるのでも、出せるものがないからこれが精一杯ですという場合と、本当はもっと出せるけどこの程度でという場合とでは、外見が一緒でもそこに込められた念いがまったく違っている」

「たしかに」

「神々にとって、飾りや行列といった物がよいかどうかは突き詰めればどうでもよい。ただそこに純粋な感謝が込められているかどうかだけをご覧になる。——賀茂大社の神々はことのほか心の塵や穢れをお嫌いになるからな」

　賀茂大社はいまの陰陽寮の主流である賀茂家の氏神でもあるから、晴明も細かな感覚がわかるようだった。

「神々の目から見たら、人間どもの計算など、もっとも穢れているものなのだろうな」

「ここだけの話だが、実はすでに早速霊的な影響が出ていてな」

「あなや」と実資が驚愕する。

「わが十二天将のうち、都の東西南北を司る玄武・白虎・青龍・朱雀の四人が、さっそく都の結界が緩みはじめたと訴えに来ているよ」

「都の結界の緩み……どうなるのだ」

　都は外敵や疫病、悪鬼怨霊の類から帝を護るために四神相応の結界を張っている。それが緩むとなれば、幼い帝を始め、都のあらゆるものが呪的に無防備になってしまう。

「陰陽寮でもすでにこのことは把握している。私も含め何人かの陰陽師が都の結界を護持するために力を割かねばならぬだろう。玄武たちのところへは、十二天将からそれぞれひとりずつ、応援に回してもいる」

「大事ではないか」

「大事だ」と晴明はあっさり認めた。「だが目に見えぬうえに、いますぐ災害が来るわけでもないから、重要ではあるが緊急ではない。まあ、これに祇園御霊会の怨霊が絡んでくると厄介だが……」

どこかで烏の鳴き声がした。

「どう厄介なのだ。まさか、いきなりすべての怨霊が解き放たれたりするのか」

「都の結界が緩めば、当然その結界の外側にいる悪しきものが入り込んで来ようとする。あるいは結界によって封じられていた怨霊が目を覚まそうとする。とはいえ、陰陽師や密教僧もいるから一挙にすべての怨霊が暴れ回るほど、都は呪的に野放しではない。多少は怨霊同士の縄張り争いのようなものが起きるかもしれないが」

「縄張りがあるのか?」

「このまえ、道長どのに話しただろう。自分の祭りが質素になったのは、おまえが取ったからか、というようなな。あのようなものだ」

そのときには菅原道真の怨霊を祀るために、祇園御霊会が質素になったのかと逆恨みした怨霊が暴れるというような話だったはずだが、似たような形で六怨霊同士でも争い合う可能性があると晴明が言っているのだった。

「怨霊同士の争い……」

せめてよそでやってほしいと思う。

晴明が六合に目配せをした。六合は立ち上がり、奥の間から紙束を持ってくる。

それぞれに細かな文字が無数に書かれていたり、精緻(せいち)な図柄がいくつも描かれていたりした。だが、全体として何を表しているのか、実資には皆目見当がつかなかった。

「これは一体何なのだ」

晴明はその紙束の最初の一枚を見せながら、

「このところの様々な怪異、特に道長どのの周囲で起こったものをいろいろと調べていた」

「なるほど。たしかに偶然と言うにはあまりにも数が多かったからな」

「道長どのを狙っているとしたら、誰が何のために狙うのかといろいろ調べてみたのだが……結局のところ、答えはもっとも簡単なところにあった」

「もっとも簡単なところとはどこだ」

「道長どのの心だよ」

「心？」

晴明は表情をかすかに曇らせ、続けた。

「道長どのは藤原北家、それも摂関家の生まれだ。しかしながら、上に兄がいる。全部で四人もな」

道長は摂関家とはいえ五男である。道長がこのまま出世をとげ、すんなりと摂関家の頂点に立つのはなかなかに難しかった。

では、なぜそのような立場の道長にあれだけの数の呪がやってきたのか。

「たとえばの話だが、どうせ呪をかけるなら、いますでに摂政である兼家か、その下で大いに働いている道兼どのの方がよいとは思わぬか?」

「まあ、そのほうが効率がよいだろうな」

「しかし、そうはならなかった。呪は道長どのの周りにあふれた。なぜか」

晴明に問われて実資が考え込む。だがほどなくして降参した。

「わからぬ。教えてくれ」

すると晴明は髭のない顎をつるりと撫でて、

「逆だったのだよ」

「逆?」

「呪が道長どのの周りに集まっていたのではない。道長どのの心が呪を引き寄せていたのだ」

かつて、詩歌の才能にすぐれた藤原公任を見た父・兼家が「私の息子たちでは恐れをなして公任どのの影を踏むこともできないだろう」と嘆息したときに、「影どころか顔を踏んでやりますよ」と豪語した道長。意気軒昂、先の叙位を足がかりにさらに先を行こうとする道長。だが、その本心には自らの前途を悲観している部分があったと晴明は言うのだ。

「とてもそのようには見えぬが……」

「生霊はどのようにして発生する？　生きている人間がほんのかすかに思ったことでも、生霊が飛ぶこともある」

それは本人の本音だからだ。

「なるほど……」

「自らは出世できないのではないのか、あるいは兄たちによってやがて亡き者にされるのではないか――道長どのも顔を背けている心の奥底にある暗い恐怖の闇。その恐怖が、かえって暗きもの、あやしのものを引き寄せた」

「恐怖……？」

「思い出してみよ。道長どのは頻繁に、怖いとか恐怖とかいう言葉を発していただろう」

物忌みのとき、妙春を保護したとき、先日の生臭坊主との一件の折――。

振り返ってみれば、道長はそのような言葉をずいぶん使っていたように思う。

「けれども、あいつはあの性格だぞ？　任地をもらったときにも、兄弟の出世争いから除外される心配をするどころか、手放しで喜んでいた」

「怖いという気持ちを隠すために、から元気を装うことは誰だってあるだろう」

「…………」

実資は考え込んでしまった。

「さらに、これまでの呪に共通するものがもうひとつある」

晴明はにやりとした。

「何だ？」

「蛇だよ」

「……たしかに」

物忌みのときの瓜の中の蛇。

妙春がまぐわっていた大蛇。

邪法が放った蛇の群れ。

「蛇は様々なものを象徴する。恨みだったり、情欲だったり、邪悪な呪法そのものだったり。しかし、道長どのにとっては」

「あやつは蛇が怖いと言っていた。つまり――恐怖の象徴でもあったのか」

道長はずっと心の中に恐怖という闇を抱えていたのだ。

それがいつからかはわからない。

五男という自らの生まれを自覚したときからかもしれないし、先の帝を落飾させた変に加担したときからだったかもしれない。

「道長どのの心の中の闇は結局、都を追われ不遇の死を遂げた怨霊たちの境遇にまで重なっていく」

つまり、怨霊どもとも通じる心なのである。

空がにわかに曇ってきたようだった。

実資はしばらく顎に手をやって考え込んでいたが、あることが気になった。

「道長の心が怨霊にまで同通するとなると、怨霊の側としては……」

「道長どのに影響を与え、道長どのをそれとは気づかずに操ることも、一定の限度はあるができるだろう」

「いまの話のとおりだとすると、なぜ御霊会の飾りまで簡素にさせようとしたのだ？　怨霊たちが道長を操っているのだとしたら、道長に怨霊をもっともっと盛大に祀るようにさせるのではないか？」

すると晴明はやや違った方向から答えた。

「神仏と違って、怨霊どもというのは協力を知らない。怨霊まで行かない悪鬼羅刹でもそうだが」

「恨み心が前面に出すぎて、互いに協力する気持ちにもならないわけか」

「そういうことだ。まあ協力できないからこそ怨霊とも言えるのだが。つまりは、道長どのに力を貸そうとしていた怨霊は、祇園御霊会を盛大に祀られては困る存在だったと思う」

「待ってくれ」と実資が右手の平を突き出すようにする。「それというのは怨霊だけれども、祇園御霊会で祀られていない存在、ということになるのか」

実資の答えに晴明がにやりと笑った。正解らしい。

空はますます暗くなっていった。

急な暗雲に、道を急ぐ通りの人びとの声がする。

「怨霊にとっても祀られることはひとつの力になる。先日まさに、道長どのがあるひとりの怨霊だけは官幣を持って祭祀を執り行いたいと私にお願いをしてきたではないか」

その名は……。

「菅公か」

実資の声が震えていた。

すっかり暗くなった室内で、晴明が静かに続ける。

「そうだ。いま、道長どのを使ってさまざまな祭りを簡素にし、都の結界を緩め、祇園御霊会の祭りから力を奪おうとして、自らの力を振るおうとしているのは、都における最大の怨霊のひとり――菅原道真公だ」

晴明がその名を告げたときだった。

凄(すさ)まじい雷鳴が辺りに響く。

あなや、と驚く実資に、晴明は不敵な笑みで空を見つめていた。

雷は菅原道真の怒りともされている。

かつてはその怒りは清涼殿を直撃し、炎上させたこともあるのだ。

次の瞬間だった。

実資の視界が真っ白に染まった。

次いで、耳を聾(ろう)するほどの轟音(ごうおん)が身体(からだ)全体をも震わせた。

実資の視界が回復するよりも先に、主、と晴明を呼ぶ騰蛇(とうだ)の声がした。

「激しい雷が、この邸に落ちました」

両目が通常の力を取り戻すと、晴明が檜扇を軽く開いて口元を隠しているのが見える。

「そうか」

と短く答える晴明。

「申し訳ございません。われら十二天将がいながら」と六合も膝(ひざ)をついていた。

「玄武たちの援護のために、十二天将からさらに四人を加勢に向かわせたところを狙われたようです」

と騰蛇が悔しげにしていた。

実資は晴明を振り返る。

晴明は悠然と笑っていた。

「どうやらわれわれは正解にたどり着いたと、菅公直々に教えてくれたようだな」

邸のどこかからぱちぱちという火の燃える音がしてくる。木や藁(わら)の焼ける匂(にお)いが辺りに立ち込め始めた。

……落雷により晴明の屋敷は全焼した。

晴明が所持していた貴重な陰陽道の書物や道具の数々は、十二天将たちが運び出したので無事であった。

晴明の邸の再建は、実資が私財をなげうって迅速になされた。

しかし、都を守る陰陽師の安倍晴明の邸が雷によって全焼したという事実は、都の人びとに強い不安を抱かせてしまっていた。

それからしばらくは何事もない日が続いた。

人びとは日々の生活の中で、晴明の邸の火事などをすぐさま忘れていった。

晴明も取り立ててそれ以上のことは何も言わなかったのもあるだろう。

「このまま平穏無事に時がたっていけばいいのだが」と実資は祈るような日々だった。

ところがである。

三月になって、そろそろ夏の衣替えの支度やら祭りの準備やらでみながいよいよ忙しくなった頃、不思議な流れができていた。

藤原道長の評判が悪くなっていったのである。

別段、失策があったわけではない。暴言があったわけでも、宴で悪酔いして誰かに絡んだわけでもない。

ましてや、法を犯すような真似（まね）をしたわけでもなかった。

これまで通りに参内（さんだい）し、務めを果たしているだけなのだが、「道長は最近おかしいのではないか」という陰口が立ち始めたのである。

こういう陰口は巡り巡って必ず本人の耳に届く。本人に聞かせるつもりで発している陰口だからなおさらだった。

実資にもそのような話は入ってきていた。一応、晴明に確認してみたが、道長の評判が落ちるような呪をかけてもいないし、そのような呪はかかっていないという。

不思議なものだと思っていた矢先、実資が参内した折に道長に呼び出されたのである。

さらに陰陽寮に人をやって晴明をも呼んだらしい。

「折り入って相談がありまして……」

と、道長によって用意されたのは後涼殿（こうりょうでん）の奥にある局（つぼね）だった。

昼間でも人があまり来ないあたりである。

実資と晴明を前にして、道長はため息をついて額を撫でた。

「一体何がどうしてどうなったのやらわからないのです」

と、道長が嘆いている。

「それだけではわからぬよ。何があったというのだ」

と実資が尋ねると、道長は相変わらずため息をつきながら首を左右に振った。

「この頃、ずいぶん私の評判が悪くなってきているようなのだ。何か聞いていないか」

「聞いていないなぁ」実資は嘘をついた。「とはいえ、評判というが、もともとおぬしはそのようなものを気にするたちだったのか？」

道長が頬(ほお)をゆがめた。

「気にするたちではありませんよ。誰でも官職がつき、務めを果たすようになればどうしても人の評判はついてまわる。その評判とやらにしたがって、人はさらに判断をしてついてくる者も避ける者も出てくる」

「はは。若いのにずいぶんとさばけているではないか」

「一応、藤原北家の人間ですからね。それこそ、菅公を追いやった藤原時平どのと同じ血筋ですよ」

「まあな」

「私が評判など気にせずとも、悪評が周りにつけば、周りの人間が動かなくなってくる。そうなればよい仕事ができない。そのせいでまた評判が落ちる。その堂々巡りが始まるのがイヤなのです」

「何か身に覚えはあるのかね」

ありません、と道長がきっぱりと言い切った。

「ないから困っているのです。悪評はどうも私に身近な人間ほど言っているようなのですよ。だから実資どのと晴明どのに相談したいと思ったのです」

「なるほど……」実資はうなった。

晴明はいつもの涼しげな顔で道長を見つめている。新しい住まいの方はどうですか、などと道長が尋ねていた。晴明は適当に話をしている。やがて道長は晴明にもあらためて意見を求めた。

すると晴明が逆に尋ねた。

「評判というのは、具体的にはどのような……？」

「具体的に何かの間違いを指摘されていればまだ良いのだが」と道長はため息を漏らす。

「ただ漠然と何だかこの頃の道長はおかしくなったとか、道長の言ってることは乱暴だとか、道長は慢心したのではないかとか……」

「道長どのはいままでどおりにお振る舞いのつもりなのですね？」

ええ、と道長が頷いた。

すっきり晴れた空の日差しが暑い。

実資が口を挟んだ。

「いままでどおりと言いつつも、立場が変わったというのはあるだろう」

「そうさ。おぬしはこの春に叙位を受け、さらには讃岐権守を兼任するようになった。これからは、それ相応の官職を持った人間の立ち居振る舞いが必要になる」

「立場ですと？」

「いままでどおりではダメだということですか」

「ましてやお前の父は摂政ではないか。摂政の子ならこのようにあってほしいという世間の期待は、やはりある。そういう世間の目も、多少の正しさは持っているものだよ」

たとえば、情理を込めた「例年どおりの華やかな祭りにしよう」という説得に、いったん頭を下げたにもかかわらず、しれっと裏切るような真似はしてほしくない、とかもある。

ここまで、実資も晴明もこのことに触れていないので、道長もまるで話題にも出さない。

「うむ……」と道長がわかったようなわからないような返事をする。「晴明どのはどう思われる？」

晴明は秀麗な面立ちのまま、

「実資の言うことはもっともなことだと思います。人の心とは善悪に関わりなくそのように動くものです」

「…………」

「自分が逆の立場であればどのように感じるかを考えてみていただければ、おわかりになるところもあるのではありませんか」

道長は唸りながら腕を組んでしまった。

実資が付け加える。

「あれだよ。やはり祭りの飾りを少なくしたことを、みんなは横暴だと腹の底では思っていたのかもしれない」とこれまで触れなかった話題を口にすると、道長が冷めた顔をした。

「みんな賛成したではないですか」

「そのときは賛成するさ。何しろ最前も言ったとおり、おぬしは摂政の子だし、位も進めてきた、勢いのある若い貴族だからな。だが、実際に祭りの季節になってみろ。北の方がいる。邸の女房がいる。自分の子や親たちがいる。それらの人びとや都全体が祭りを楽しみにうきうきしているのを見たら、今年の祭りは地味なんだとどうして告げられようぞ」

「私は別に何も悪いことはしていない」と言う道長の声がやや低くなった。

「そう、それよ。自分は何も悪くし、悪いことなどしていないと思うから、周りからますます変に思われるのだ」

「お言葉ですが、おっしゃっている意味がわかりません」

意外に強情だな、と実資はため息を小さくついた。

「自分の判断が本当に正しいか、以前のおぬしならば慎重だった。自分のやってることが正しいなどと、そんなあつかましいことを言うような性格ではなかったはずだ」

「…………」

「必ず俺か晴明か周りの人の声を聞いていたはずだ。それなのにいまのおぬしはどうだ。ぜんぶ自分でやらねばという気負いから、いつのまにかぜんぶ自分がやっているのだとすり替わっていやしないか」

「私は――」

「そういう、自分の意見だけで物事を決めているような微妙な違いに、人は嫌気を感じるんだよ」

再び道長が黙りこくっている。顔が赤くなっていた。膝に置いた手がかすかに震えている。怒り出すかな、と実資が身構えていると、突然道長が肩の力をがっくりと落とした。

「おふたりの言うとおりかもしれません。いや、そもそもここまで言ってくれる人が、いまの私の周りにはいなくなっていた。それもこれも、私が知らず知らずのうちに我を通していたからなのか」

「まあ、それも半分はあるだろう」と実資が言うと、道長が不思議そうな顔をする。

「半分、ですか……？」

実資の目が少し泳いだ。晴明を見ると、小さく笑っている。どうやら何を言おうとしているかわかっているらしい。

これを聞いてそのせいにしてほしいわけではないのだが、と前置きして、実資が告げた。

「おぬし、呪われてるらしいぞ」

それはかつて蘆屋道満という在野の陰陽師が、実資に対して言った台詞によく似ていた。

「呪われているとは、どういうことだ」

さすがに道長が色めき立つ。

「そのままの意味よ。よくよく考えてみるがいい。先の祭りの一件、俺の説得はともかく、なぜおぬしは晴明の言葉を退けた？」

道長が退けたのは素人の意見ではない。陰陽師という専門家の、そのなかでも大家と呼べる安倍晴明の言葉なのだ。

「…………」

「たかが祭りではないか。なぜそこまでおぬしは自分のやり方にこだわった？」

「ううむ……」

「朝廷の財の心配をするなら、祭りなどよりも他にも手を付けなければいけないところはたくさんあるだろう。公卿たちの俸禄、税の取り立てに伴う無駄……考えるべきものはいくらでもあるのに、なぜ祭りだったのだ」

「そのような大きなところは、さすがに若輩の私の手にあまります。だから」

「だから祭りなら簡単だろう、と？」

わかりません、と低い声で道長が言った。

実資は晴明に顔を向けた。

晴明はいま衣裳の両袖を身体の前で合わせ、じっと道長を見つめていた。

「先ほど、実資は呪いと表現いたしましたが、もしかしたらそれ以上によからぬものが出てくるやもしれません」

「それは何なのですか」道長の額に脂汗が滲んでいる。

「経緯はどうあれ、結果としてあなたは祭りを軽くしてしまった。さらに早良親王以下の怨霊を慰めねばならぬこの都において、怨霊への慰撫も軽くしてしまった。その反対にある一人の怨霊だけはこの時期に持ち上げようとした」

「…………」

「これにより都はいま、目に見えぬ部分においてかなり揺らいでいます。道長どのにはおわかりになりますまいが、われら陰陽師は日々この都を目に見えぬ部分でも持たせるために命を削っているところです」

いまこの瞬間もそうなのである。

「何があったと言いたいのだ」道長が問うた。

晴明はふいに表情を険しくし、合わせていた袖を開く。

右手を刀印にして五芒星を描いた。

「――急急如律令ッ」

裂帛の気合とともに、刀印を斜めに振り下ろす。

黄金色に光る五芒星が道長の体を貫いた。

道長は座っていたにもかかわらず、五芒星の威力に仰け反り、片手をつく。

「い、いまのは一体……？」

道長が元の姿勢に戻ったときだった。

──おのれ晴明。

よくぞわれを見破った……。

憎しみと悲しみと苦しみと恨みとに満ちた、胸の悪くなるような低い声がどこからともなく響いた。

道長が背後を振り返る。

「あなやッ」

そこには真っ黒い──それでいながらぼろぼろになっている──束帯を纏い、憤怒の形相でこちらを見下ろしている奇怪な大男が立っていた。顔は青白く、怒りで太い血管が何本も浮き出ている。

猛烈な吐き気が実資を襲った。全身に鳥肌が立つ。無性に寒気がした。本能として、このモノと同じ場所にいたくないと、体も心も叫んでいる。

何が起こっているのだ、と道長が狼狽えた。

『かか。道長よ。われが目をかけてせっかく昇進させてやったのに、その恩を忘れるとは何事ぞ』

「貴様なぞに恩を受けた覚えはないっ」道長が叫ぶ。

大男は侮蔑の表情を露わにした。

『小僧。この菅原道真の恩を袖にすると、祟りがくるぞ』

なんだと、と道長の声が裏返る。それと知っていた実資であっても、いきなり道真が出てきたことに驚きを隠せなかった。

「これが……この黒々とした憎しみの塊のようなものが、菅公だというのか」

晴明は白皙の美貌にややさみしげな瞳の色を浮かべて、道真の怨霊に呼びかけた。

「菅公。あなたはこの藤原道長を使って何をなさろうとされていたのですか」

『安倍晴明か。また性懲りもなく、わしの邪魔をする』

「いえいえ。諸々の邪魔をなさっているのは、あなたのほうです。道長を使って何をしようとしましたか」

と晴明が重ねて問うた。

『時平の血筋は許さぬ。

すべて根絶やしにしてやる』

「実資も藤原北家の一員ですが」

『そやつは貴様がいつもそばにいるから攻めにくい。

だが、道長の心はわしに似ているのよ。かか。

うらぶれて、本来の自分であればもっと大きなことができるはずと思いながら、何もさせてもらえずに鬱屈して日を数える。

自分はもっとできるという欲望だけが先に立ち、あがき、人を羨み、猜疑の目で世を呪っておる。

その心こそ大宰府のわしの心。ゆえにわしが取り憑いてやったのよ』

「私にはそんな心は――」

『持っておるから、わしがここにいるのよ。かかか』

菅原道真が哄笑している。

晴明が静かに続けた。

「そうして操り翻弄し、道長をあなたと同じように怨霊にしようとしているのですね」

『怨霊まで行くかどうかは、わからぬ。しかし、いますぐ死んでも鬼くらいにはなれような。かかか。時平の血筋がまたひとり、地獄でのたうち回るかと思うと、うれしくてたまらぬわ』

怨霊が喜び、手を叩いている。

「な、何だと……」道長が絶句していた。

『わしのおかげで叙位を重ねただろ？　この次もその次も、位をすすめ、官職をもり立ててやる。貴様が自らの栄達に欣喜しているその頂点で、わしは貴様の足元を蹴飛ばしてやるのさ。ちょうど天狗の一枚歯の下駄のような、増長した心の足元をな』

と、怨霊が自らの顔を道長に近づけながら言う。

「なっ……」

と、道長が尻餅をつく。

『そうすれば勝手に転ぶ。転んだ貴様はしたたかに腰を打ち、倒れる。そのとき貴様は周りを恨むだろう。なぜ俺がこんな目にあうのだ。俺はもっと偉い存在なのだ。俺のやり方の方がうまくいくのだ、とな』

「そこまで行けば立派な天狗。そこで死ねば天狗か鬼か——小さな怨霊になるでしょうね」

と晴明が指摘した。

『そのとおりだ。右大臣でも左大臣でも何にでもなって、転落して憤死させて、怨霊の仲間として迎えてやろうと思っておったのに。――晴明。貴様がまた邪魔をする』

震え、恐れている道長のすぐ後ろに晴明が立った。

「もちろん邪魔させていただきます。都は怨霊のものではありませんので」

『それはどうかな。こやつのおかげで現在の陰陽師の主流、賀茂家の霊流の根本たる賀茂大社の祭りは弱まった。早良親王以下の怨霊方は怒りをふつふつためておる。わしが勢力を伸ばせば、他の怨霊たちも黙っておらぬ。より自らの力を増そうと、恨みと憎しみを都に広げる。かかか――』

道真は両手を広げて天を仰ぎ、大笑している。

「怨霊同士の勢力争いにこの都を使うのが狙いですか」

すると道真は笑いを消し、しらけたような表情になった。

『ここのどこが都だ。一体何人の怨霊を生み出し、取り込んだのだ。一体どれほどの血を吸い込んだのだ。唐の長安（ちょうあん）を真似たか。それとも陰陽道を具現化したか。神仙思想を表したか。仏教思想によって築いたか。否、否。ここにあるのはただの骸（むくろ）の塊。血の川の流れる牢獄（ろうごく）よ』

道真の言葉は毒を含んでいるが、一面の真理だと実資は思った。たしかにこの都の歴史は戦いと嘆きの歴史という面もある。ひょっとして怨霊の言うことのほうが正しいのではないだろうか……。

そんなふうに思ったときだった。

晴明が柏手を打った。

激しく、強く、凜と。

二度ずつの柏手を五回。

まるで柏手で五芒星を描いているようだった。

「あれ？ どうして俺は怨霊の言葉を受け入れようとしていたのだ……？」

心が軽くなっていた。

『おのれ、晴明。柏手でこの局に結界を張ったな』

「一水四見」と晴明が言った。

『何？』

「釈迦大如来の教えですよ。同じ川の水を見て、魚はそれを楽しい住処と見、地獄の亡者はそれを血と膿の川と見、人はそれをありがたい飲み水と見、天上の菩薩たちには山川草木一切衆生を養う慈悲の大河に見える。――あなたにそのように見えている都は、私の目には多くの人びとが喜び、暮らしていく大切な大切な場所に見えます」

晴明の言葉に一瞬、表情をこわばらせた怨霊が薄ら笑いを浮かべる。

『ここで議論をしても始まらぬ。やれやれ。道長よ。貴様のこれまでのがんばりのおかげで、祀られている北野神社以外でもだいぶ自由に動けるようになった。しばらくはこの都で遊ばせてもらおうか』

「ですがここはすでに結界を張りました。あなたを逃がさないように」と晴明が冷静に対処し続けた。

『われは戻るぞ。あの北野神社ではない。懐かしいわが家に戻るのだ。かわいい妻と娘たちのいる邸にわしは戻るのだ――』

道真が歯ぎしりをするように言う。

その怨霊の言葉に、実資はふと人間の心が残っているのであろうかと思った。妻を懐かしみ、子を慈しむ心が残っているのなら、怨霊から人に戻れる契機ではないのか。

ふと見れば、道長も痛ましげな表情を浮かべている。同じ気持ちのようだ。

その瞬間だった。

『かかか。そこに結界のほころびができたぞ、陰陽師ッ』

局の中を物凄(ものすご)い旋風が吹き抜けた。まるで竜巻のように、局の中にあったしつらいが倒れ、几帳(きちょう)が破れ、脇息(きょうそく)が転がる。

「うわっ」

「何だ、これはっ」

実資と道長が、衣裳の袖で顔をかばった。

ばたばたという音がしている。

息もできないほどの風の力も、徐々に弱まっていった。

風が止んだ。

局の中は盗人の集団が押し入ったかのように荒れ、物という物がひっくり返っているばかり。道真の怨霊はどこにもいなかった。

先ほどまでの猛烈な吐き気や鳥肌も収まっている。

大分物音がしたようで、簀子からこちらを覗こうと首を伸ばしている者もいた。道長が何でもないと追い払っている。

「晴明いまのは……」

「逃げられたよ」

「逃げられた?」聞き返したが、吐き気や鳥肌がなくなったことで、実資はそれが事実であるとわかっていた。

「あやつ妻子の話をしていたであろう」

「ああ。少しかわいそうだと思った」

と実資が言うと、晴明が苦笑した。

「その、かわいそうだという心につけこまれたのさ」

「何だと?」

実資が、人払いをして戻ってきた道長とお互いの顔を見合う。

「この都を滅ぼそうとするような怨霊ともなれば、もはや妻や子への情など残っていないのだよ」

そのような情を持っているかのように見せることなど、怨霊ともなればたやすい芸なのだった。

「…………」

「それによって、こちらの同情を買い、こちらの心につけいる。——先ほどであれば、私が奴を抑えていたものの、実資と道長どのがあやつの心のさびしさを想像してしまった。道真が嘆くのももっともなことだと思ってしまったがゆえに、私の結界にほころびができた」

「そこから奴は逃げ出したのか……」

実資と道長は何も反論できなかった。事実、そのとおりの反応を示してしまったからだった。

「ところで晴明。少し前までは菅公と呼んでいたのが、いまはあやつとか道真とか呼んでいるが、それは……」

「怨霊としての奴を相手にするからな。尊称で呼ぶことは、奴を敬い、力を与えることになる」

そういえば、破戒僧・義善に対しても、一貫して「生臭坊主」呼ばわりしていた。

「この後どうすればいいのだ」

「奴の狙いははっきりしていた。都を滅ぼしたいのさ」

「あなや」と道長がまたしても腰を抜かす。「私のせいなのか。私があのものを取り憑かせてしまったがために、祭りを緩め、おぬしらのいう結界とやらを緩め、怨霊の好きにさせてしまったのか……」

「そういうわけではありません」と晴明がいつの間にか落としていた檜扇を拾いながら答える。「あのくらいの怨霊が本気で狙いを続けてくれれば、釈迦大如来でない限り、誰でもひとりでは負けてしまうでしょう」

「さほどのものなのか……」

「あれほどの怨霊、あるいは悪鬼羅刹などの魔障から自らを守るためにも、神仏への信仰をきちっと持っていることが大事なのだ。信仰があれば、魔障にはわれらと神仏が一体に見える。奴らは神仏を相手にしなければいけなくなるからな」

晴明は転がっているしつらいを横にどかしながら簀子に出る。

「では、もともと道長どのは菅こ——あいつに目をつけられていたのか」

と晴明のあとを追いながら、実資が尋ねた。

ああ、と晴明が答えた。

物忌みのときの瓜の呪いは結局誰がしかけたかわからずじまいだったが、もし道真による呪だったとしたら。

その後、転落した尼僧・妙春が道長を訪ねてきたのも、道真が誘導していたのだとしたら。

さらに先日の義善。あの男がなぜ大元帥法を知っていたのか。あれも、うまく道真が裏で糸を引いていたのだとしたら——。

「人間にはできないことが怨霊ならばできることもあるからな」

「そんなことをされたら、人間は勝ちようがないではないか」

と実資が嘆くと、晴明はきっぱり答えた。

「私は負けたことがない」

では勝てるのか、と実資が問うと、晴明は清げな笑みを浮かべ、静かに内裏の空を見上げる。

青い空の向こう、春霞(はるがすみ)がほのかに見えた。

四月になると都を中心に大きな出来事があった。

元号が改まったのである。

すなわち寛和（かんな）から永延（えいえん）になったのだった。

帝が代替わりしたのだから元号も改まるべきであるということになったのだが、まるで年が改まったかのように心が上向いてくるのが不思議だった。

新しい希望に向けて歩み出せるのではないかという人びとの期待がある種の熱気になって、春の陽気をも越えて都を包んでいる。

だが、これには晴明の助言があった。

「晴明どのの言うとおり元号を改めました。このあとは、どうなさるおつもりなのですか」

と道長が陰陽寮に来て彼に尋ねた。

道長が陰陽寮に来たのは、表向きは五日後の祭祀の打ち合わせである。

北野神社での官幣をもって儀式を執り行う。その役目を晴明が正式に担うことになったのだ。

だが、これには裏があった。「先日の内裏での一件より、怨霊としての道真の企み（たくら）が明らかになった。このまま帝から神祇官を通じて官幣を賜る（たまわ）のは不測の事態を招きかねない。そのまえに打てる手を打っておきたい」という前提でひきうけたのである。

打てる手のひとつが、改元だった。

「このままであれば怨霊は鎮まりますまい。そもそもあやつ、いま北野神社にいるかどうか」と晴明は苦笑した。

「どうしたらよいのだ」

と道長とともに陰陽寮に来た実資が尋ねる。

「道長どのにはとにかく先にお願いしたことを実行してもらいたい」

と晴明が言うと、道長が渋い顔をして顎を撫でた。

「自分がやったことを、改元したからとすぐさまひっくり返すのかぁ……」

「道長どの？」

「はい！　かしこまりましてございます！」

道長が背を伸ばした。

「こいつのほうはこいつにやらせるとして、俺たちはどうする？」

「知れたこと。神社におられぬのであれば、神社にお戻りいただくまで」

「どうやって？」

すると晴明は穏やかに笑った。

「ふふ。まあ見ておれ。それにしても北野神社の梅の花はすばらしかったな」

「たしかに。奴が梅の花を愛でた気持ちがわかる気がする。……これはいいのかな」

「大丈夫だ」

「そうか……。でも、もう四月。梅どころか桜も散ってしまった」

そんなやりとりをしていると不意に騰蛇が現れた。

「主の仰せのとおり、北野神社に投げ文をしてまいりました」

ご苦労、と頷く晴明に、実資が「どういうことか」と尋ねる。

「投げ文といっても、この場合は目に見えないもの。奴が仮に神社にいなかったとしても、縁は残っている。だから、騰蛇に北野神社へ詣でてもらって、その神通力で呼びかけたのさ。戻ってこい、とな」

「そんなので戻るのか?」

「戻るまい」あっさりと晴明が答える。

「戻るまいって……」

「戻りはしないだろうが、気にはなる。要するに安倍晴明という陰陽師が再び菅原道真にちょっかいを出そうとしているのだと取られればいいのだ」

「それで惹きつけるというのか」

「そうだ。天文を読むに、今日が最良の日だからな」

祭祀まであと五日。

今夜、決着をつけなければならないだろう。

その日の夜、晴明は実資を伴って北野神社への道を歩いていた。

天慶五年、右京七条に住んでいた多治比文子という娘に「北野の右近の馬場に祠を建てるべし」との道真による託宣があったのが発端とされている。しかし、娘ひとりでは祠を建てることはできなかった。五年後に近江国の神官の子に同様の託宣が降り、僧最珍らの協力もあって、初めて神殿が形となったのである。その後、藤原師輔が自らの邸宅を寄進しての大規模な社殿の造営があり、今日に至っている。

楼門をくぐって本殿へ向かう。

見上げれば月はなく、天の川が天を斜めに切るように滔々と流れている。

「すごい夜だな」

天の川の迫力と夜の北野神社の圧力めいたものに、実資が思わずつぶやいた。

ふと晴明が立ち止まり、後ろを振り返る。

「楼門をくぐれるかな」

「いま俺たちはくぐってきたではないか」

「そうではない。これから来る奴のことよ」

一体何を指し示しているのだろう。実資は背中が粟立った。

「これから来る奴とは道真のことか」

「まあ、そんなところだ」

晴明が曖昧(あいまい)に濁す。実資もあえて聞く気になれなかった。

この真っ暗ななか、楼門を道真の怨霊がくぐってくる――想像しただけで怖気(おぞけ)が止まらなくなる思いだった。

「いまさらで恐縮なのだが――なぜ俺まで一緒にいるのだ？」

「実資は私より歌や漢詩に詳しい。私は呪で対抗するが、最後はおぬしが頼りだからな」

本殿の前につくと向かって右に松があり、左手に梅が植えられている。

もう梅はすっかり花を落とし、実が筆先のような形に実り始めていた。

「では、始めようか。道真に戻ってきてもらおう」晴明が言った。

本殿の梅の木の前で実資が天を仰ぐようにして歌を詠む。

東風吹かば　にほひおこせよ　梅の花

　主なしとて　春な忘れそ

耳の奥に刺さるような静寂――。

どのくらいいたっただろうか。

ずしり。ずしり――。

背後から異常な音が近づいてきた。

ずしり。ずしり――。

大地を踏みしめるというよりも、大地を踏みにじるような重く、暗く、そして恨みがましい足音。

その足音が楼門を通り、こちらへ向かってくる。

「来たぞ。実資」

と晴明がそちらの方に向く。

闇夜の中、冠をかぶった男がこちらへ歩いてくる。

『おのれ、道真。おのれ、道真――。われよりも年下の分際で、またわれよりも劣る家系の分際で、自らのみ帝の許しを得て、自らのみ神の座に落ち着こうというのか。われらの祭りを奪い、われらへの供養を奪い、自らのみを飾るつもりか』

実資が驚愕と恐怖とともに晴明を振り返った。

「違う！　あれは道真ではない！」

だが、晴明は静かに立っている。

まだ冷たい春の夜風が晴明の衣を揺らすが、彼は微動だにしない。

「そう。いまここにやってきたのは道真ではない」

「おいおいおい。待ってくれ。晴明。さっき俺は菅原道真の歌を歌ったのだぞ？」

「有名な歌だな。よい選択だったと思う」

「俺がここで道真の歌を詠み、奴をこの場所に呼び戻すのではなかったのか⁉」

晴明は静かに右手を刀印の形にする。

「あの歌の主は道真。それゆえにこの場所であの歌が歌われれば、そこに道真ありとほかの怨霊は誤解するだろうな」

「何だって？」

「道真の企みで祇園御霊会の飾りまで減らされ、御霊会によって祀られていた怨霊たちが気分を害している。その中でも道真の生まれる少し前、道真と同じく臣下の身でありながら詩歌にすぐれ、書にすぐれていた人物がいる」

「それは、あの――」

「そう。橘逸勢。彼は道真に自らの領分を奪われたと思い、激しい怒りを抱いている」

遣唐使として空海・最澄とともに唐に渡り、書を学び、その優秀さから橘秀才とまで称された。帰国後は、嵯峨帝、空海と並んで書の名人と謳われた。だが、仁明帝皇太子の恒貞親王を東国に亡命させようという計画を立て、謀反の企てありとされたのである。

首謀者として伴健岑ともども処罰された。

だが、この計画は道康親王を跡継ぎにしようと画策した藤原良房による陰謀だったとも言われている。

これによって処罰された橘逸勢は伊豆に流されるが、その途中に客死している。

彼の死後、都に白い虹や彗星が現れたといい、これらはすべて橘逸勢の祟りとされ、怨霊として祀られることとなったのだった。

そして彼の死から三年後に菅原道真がこの世に生を享けている。

何の因果か橘逸勢のように、漢詩にすぐれ、書にすぐれた秀才の臣下として。

楼門を通ってきた橘逸勢の怨霊は、冠を被り、真っ黒い束帯を身につけていた。やはり道真のようにところどころ布はほつれ、暗い火炎が渦巻くようなものすごい姿であった。

『どこだ、道真――。隠れているならば、われはここを焼き尽くす。おぬしがわれらより奪おうとした死後の名誉を取り返すため。おぬしにも、われらと同じ辱めを味わわせるため……』

その時だった。

『かかか。橘逸勢、何するものぞ。ここはわが神殿なるぞ』

まるで本殿そのものが吠えたような大喝が響く。

雲ひとつない夜空なのに、雷鳴のような光が走り、本殿に突き刺さった。

「こ、これは――」実資が声を絞る。

そこには、いつの間か本殿の正面に束帯姿の菅原道真が傲然（ごうぜん）と立っていた。

「お出ましだ」と晴明が言う。その頰にはかすかに笑みすら浮かんでいた。

「おい、どうするのだ。目の前には菅原道真の怨霊。背後からは橘逸勢の怨霊。俺たちはいま前後を怨霊に挟まれてしまっているではないか」

「ふふ。なかなか困った事態だな」晴明はいつものように涼やかだった。

道真が晴明と実資を認めた。

『陰陽師。そして日記之家も一緒か。貴様らの相手はあとでしてやる。いまはまずあの橘逸勢をこの場所から追い出してくれる』

するとと晴明が呼びかけた。

「それには及びませぬ」

場違いなほど軽やかな晴明の声に、道真の動きが止まる。

『何だと？』

「橘逸勢どのはすぐにお帰りになります」

近づいてきた橘逸勢の怨霊は、晴明の横に立つと急に微笑んだ。

「見事に引っかかってくれたな、道真」

そう言うと晴明が柏手を一回打つ。

　すると、橘逸勢の姿が光を発した。

『なぜ怨霊が光を発することができる⁉』

　道真が眩しさに目をかばいながら叫んだ。

　光はすぐに止んだ。

　そこには晴明の式である騰蛇が立っている。騰蛇がにやりと笑って、

「敵を欺くにはまず味方から。ということで実資どのには騙されてもらった」

「実資に話したとおり、この場所で道真の歌を詠めばきっとおぬしの耳には入ると予想はしていた。しかし、わざわざ出向いてもらうためにはあと一歩必要だった」

　道真の企みのせいで他の怨霊どもの封印が弱くなっているのは道真も知っていた。ならば、この場所に橘逸勢が出現してもおかしくはない。この場所に強い霊気を感じれば、自分たちへの祭りが減らされたと嘆き、苦しみ、怒っている他の怨霊たちが道真を襲うことも十分にありえのだ。

「他の怨霊の存在を、晴明は逆手に取ったのか」

　道真の顔が怒気にゆがむ。

『謀ったな、陰陽師。本物の橘逸勢の怨霊はどうした』

「ご安心を。陰陽寮は怨霊どもからこの都を守るために日夜働いております。陰陽寮及び密教僧たちが力を合わせて都の結界を補強し、六怨霊のみなさまにもお鎮まりいただいて

います」

『何だと？』

「道長どのもいい加減目が覚めたでしょうから、今年の葵祭なども例年通りの賑やかな飾りをつけさせていただくようにしました。改元に伴っての前言撤回との理由でね」

『ぐ、ぐ、ぐ――』

「神仏への感謝、怨霊への慰めはこれまでどおりになります。あなたの目論見はもはや通じませぬ」晴明が強い目で怨霊をにらんだ。「都の守りは万全に戻った。さあ大人しくこの神社に戻るがよい」

道真が奥歯を嚙みしめている。

『なぜ戻らねばならぬ？ 戻ったところで何の意味がある？』

言葉とは裏腹に、駄々をこねているようにも聞こえた。

「あなたが自分で言ったこと。ここはあなたのために用意された場所です。あなたの悲劇を語り継ぐ場所。そしてあなたを慕う者たちが集う場所」

『…………』

「あなたは怨霊となった。怨霊となったということは無実であったということこの上ない証明」

『左様。わしは罪なくして罰されたのだ』

「都の者たちは分かっているのですよ。——行き違いはあったであろうし、政治としての判断は別にあるであろう。仮にあなたの政がそのまま続いた場合と、いまの政治によって幸福に生きている人とではどちらが多いかなど、比べることもできない」

だからこそ、もう過去の怨みにこだわってはならぬと晴明が諭す。

『黙れ、若造ッ。貴様ごときに何がわかるッ。貴様ごときに悔しさの何がわかるというのだッ。われは日に夜を継いで努力を重ね、学問を修め、世の役にたたんと知恵を凝らして努力し、帝を支え、人びとが笑顔で暮らせる世にしようと懸命に働いていたッ』

「それを藤原時平が讒言、あらぬ罪を着せて都から追放した」

そうだ、と怨霊が悔しさをむき出しに言葉を吐いた。

『わしを都から遠ざけたいならば——いっそのこと、わしを殺せばよかったのだッ』

「——っ！」

『さすれば何のあと腐れもなかった。なぜ私に帰京の期待を残したッ？　なぜ私を生きたまま大宰府に留め置いたッ？　何もないところで何の仕事も与えず、無駄飯を食らうだけで帝への忠節を尽くす術もない状況に置かせたのだッ。ひと思いに殺してくれれば、この道真、怨霊などにはならずに済んだものを……ッ』

「本当にそうなのか」と晴明が怨霊を見据えている。「本当にそうだったのか。おぬしは死にたいと最初から思っていたのか。ならば、なぜ都に執着する？　ならば、なぜ都に戻ってきて怨霊となった？」

『――』

「おぬしは生きたかったのだ。おぬしは死にたかったのではない。おぬしはもっともっとこの世において帝と人びとの笑顔のための働きをしたかったはずなのだ」

『わしは……』

怨霊が言葉を見失っていた。

「おぬしの無実を信じ、おぬしのために祈っていた妻子たちをどう思っていたのだ」

『妻子などもはや涙とともに忘れたわ。陰陽師。それはおぬしとて怨霊がそういうものだと知っているではないか』

しかし、晴明は厳しい表情を一切緩めず、怨霊に迫る。

「私が今語りかけているのは、怨霊となった道真にではない。生きていた頃の菅原道真の記憶、あなたに話しかけている」

『何だと？』

「あなたはどのような気持ちで生きていたのだ。恨み心だけだったのか。そんなことはないはずだ――」

『黙れ、黙らぬかッ』

道真の怨霊が手を振り上げた。

天の川に暗雲がかかる。

雷鳴が轟（とどろ）く。

境内（けいだい）地に雷が落ちた。

「うわあああっ」

と実資が声を上げた。騰蛇がその実資の体をかばうようにしながら、こちらも怨霊からは片時も目を離さない。

晴明はただまっすぐに立ち、道真の怨霊に相対していた。

『われこそは都を支配する者。われこそが神なのだ』

「それがあなたの本心か。あなたは帝を支えることを何よりも願っていたのではないか。だからこそ、あなたは怨霊とまでなったのではないのか」

『何を言うか――ッ』

道真の人生には道真しか知らない苦労があっただろう。喜びもあり、苦しみもあり、悲しみもあっただろう。

しかし、それらをいちいち構っている時間はない。

いや、そのようなものは本人だけのものなのだ。

本当に大切なのはどのような人生を生きたかではなく、そのような人生の中でどのような心を作ってきたかということである。

それが愛深き心なのか、憎しみ多き心なのか——簡単に言えば人生はその二つのどちらかでしかない。

道真が憎しみとして捨てていったもの、道真がいらぬものとして目を背けたもの——その中にも実は姿を変えた人生の宝が、神仏の慈悲が隠れ、彼を生かそうとする人々の想いも込められていたはずなのだ。

実資、と晴明が言い、柏手を三度打つ。

晴明はそのまま右手を刀印に結び、左手を腰に当て五芒星を切った。

この星は天界の象徴でもあり、天御祖神（あめのみおやがみ）や釈迦大如来や天帝と呼ばれる根源の存在へと繋（つな）がる心の象徴でもある。

晴明の傍らに近づき、実資は漢詩を暗誦（あんしょう）し始めた。

月の耀（かかや）くは晴れたる雪の如（ごと）し
梅花は照れる星に似たり
憐（あわ）れぶべし　金鏡の轉（かいろ）きて
庭上に玉房の馨（かお）れることを

——輝く月光は晴れの日の雪のようであり、月下の梅花は照る星のようだ。鏡のような月がめぐり、庭の梅の花ぶさが香ってくるのは、ああ何とすばらしいことか。

『――この詩は』

五芒星を切った姿勢のまま、晴明が答えた。

「これはあなたが十一歳のときに初めて作った漢詩だ」

その間も実資の暗誦は止まらない。

偏えに信ず琴と書とは学者の資なりと……

阿満亡じてより来のかた夜も眠らず……

恩は涯岸無く報ずること猶ほ遅し……

生前の菅原道真が残した漢詩は膨大な数がある。それらは『菅家文草』などにまとめられているが、その中から実資が日記之家の知識と学識にかけて選んでいた。

「これらの漢詩はただの漢詩ではない。あなたの心の軌跡だ。あなたの一生だ」

書にしたためられた文字が実資によって音となって漢詩の姿を明瞭にし、その文字に込められていた光景と詩人の心を再現している。

『お、おお、おおおお……』

怨霊が天を仰ぎ、呻いた。

「あなたの一生は、こんなにも詩になっていた。こんなにも美しい詩の塊だったのだ」

『私は……私の人生は……』

実資の暗誦には歌も入っていた。

このたびは　幣も取りあへず　手向山
紅葉の錦　神のまにまに

――この旅は急なことで奉納の幣も用意できませんでした。代わりに手向山の紅葉を捧げます。神よ、御心のままにお受け取りください。

「あなたの一生は美しい一編の詩となったのだ。最後の悲しみの詩も、あなたには悲しみかも知れぬが、聞く者には悲しくも美しい詩となって結晶している」

生涯は定地無し

運命は皇天に在り……

いま実資が暗誦しているのは「叙意一百韻」。大宰府への左遷の命を受けた衝撃から道中の屈辱、任地での不自由さから自らの思想を深く追求して生涯の追憶までが詠まれている。五言詩二百句。菅原道真、最後の大傑作である。

『う、うう……』

怨霊が懊悩している。

「菅原道真よ。もう許すのだ」

『許す？　何を許せというのか』

「もうあなたが死んで八〇年以上。世代は変わった。いまもまた新しい元号となった。藤原時平の血を引く者はまだ生きていようが、やがてその血筋も歴史の中で散り散りになっていくだろう。あなたが怨む相手はこの地上から消えていく」

『……………』

「人生は一度きりではない。何度でも生まれ変わることができると御仏が説いているではないか。あなたが怨霊であることを止め、本来の姿に立ち返るならば、また御仏はその慈悲の御手を差し伸べてくれるだろう」

最後は道真自身が選ぶしかないのだ。

大怨霊として凍りついた時の中を生き続けるのか。

それとも祀られる存在となって、明日の子供たちのために、明日のわが国のために力を尽くす生き方を取るのか。

『……』

その間にも「叙意一百韻」は続く。

皎潔たり　空観の月

開敷す　妙法の蓮……

「あなたは詩人の魂を持っていた。この世においてこの世を超えた美しさを摑もうとした異邦人だった。しかし、あなたは同時にこの世において理想の政を貫こうともした。その葛藤の中、敗れていったあなたの姿は、悲しみの底をぶち抜いたときに、やがては多くの人々を慰めることにもなるだろう」

『あ、ああ……』

「菅原道真よ。もう一度言う。怨みを捨てよ。もうあなたは十分苦しんだ。自分を許しなさい」

『自分を許す、だと？』

ついに道真ががっくりと膝をついた。

意を叙（の）ぶ千言の裏
何人か一（ひと）たび憐むべき

五芒星を切ったまま刀印を振り上げていた晴明が、その印を斜めに振り下ろす。

「急急如律令ッ」

黄金色の五芒星の光が菅原道真を貫く。

それは智慧（ちえ）と慈悲を含んだ光。

道真は抵抗することなく、その光に焼かれていた。

道真の詩の終わりとともに、怨みも尽きたのだ。

そこにはもう苦しみも悲しみもない。

ただ静謐（せいひつ）さだけがあった。

やがて、光が消えた。

菅原道真の姿も消えている。

膨大な詩歌を暗誦し続け、疲労困憊の実資が大きく息を漏らした。

「どうなったのだ」

晴明が薄く微笑んでいる。

「われら陰陽師といえども、人の心を変えることはできない。しかし、人の心に語りかけることはできる」

実資はぼんやりしながら、

「陰陽師というものは語りかけるものでもあるのだな」

そう、と晴明が天の川を見上げた。

「あの星々のように、人の口から無数の言の葉が出てくる。ある言の葉は光を保ち、別の言の葉は闇となる。言葉こそがもっとも最初の呪」

「言葉こそ呪、か……」

それは、少しまえにも聞いた覚えのあることだった。

「人は自ら発した言葉で他人を縛ると同時に自らも縛られる。自らの言葉の方向に人生を導いていく。だからわれらは常に言葉によって心を創り、言葉によって吉凶を創り、言葉によって未来を創る——」

実資も天の川を見上げてみる。

足元の土を見ていてはまったく気づかない白や青や赤や紫色の神秘の輝きが、抱えきれないほど広大に広がっていた。

「ここに流れ星の一つでもあれば、よい詩になるのであろうが」

と冗談めかして呟(つぶや)くと、晴明がそっと微笑んだ。

「流れ星などなくてもよいのだ。変わらぬ星々の輝き、平凡な人々の営み、穏やかな一日――その中に天地の慈悲があるのだから」

東の空がほのかに明るみを帯びてきていた。

……それから五日後、帝の勅使を派遣されて行われる北野神社の祭祀が、晴明を中心として執り行われた。このとき、今上帝から菅原道真へ「北野天満宮天神」の神号が送られる。これをもって北野天満宮という呼び名が始まるのだった。

四月の中の酉(とり)の日、今年の賀茂祭が盛大に執り行われた。

一時期はどうなることかと思われた賀茂祭であるが、直前になって道長が祭りの飾りを例年通りにすると提案したのを皆が間に合わせた結果だった。

帝の名代として賀茂大社に奉仕する斎院(さいいん)の御禊(ごけい)が鴨川(かもがわ)で行われる。

この折にも、華やかな行列が仕立てられている。祭りの見所のひとつだった。

大勢の人びとが物見に集まっている。多くの牛車や人が少しでも良い場所で見ようと集まり、場所取りに騒いでいた。

「賑やかなのはよいがここで車争いが起こったり、それを恨みに念った者の生霊が発生したりは、しないでほしいものだな」

と実資が小声で晴明に尋ねた。左近衛中将という仕事柄、決してのんびりと祭りを見物しているわけにはいかないが、晴明と話をする時間くらいはあった。

「ふふ。何やら物語になりそうな話ではないか」

「恨みつらみの心がどうしてもわいてしまうのが人の悲しさなのだろうが、人の生き死に関わるような恨み言は物語の中だけで済ませてほしいものだよ」

「物語と人の世は似ているが違う。違うが似てもいる」と晴明が苦笑する。「現実に人を殺めていないのだからと残酷な物語ばかりを読んでいれば、それはそれで心はいつも地獄の世界、悪鬼羅刹の世界と同通し続けていることになる。何事も中道が大事なのだよ」

だからこそ、古来、神仏のまえでは心の中まで罪に問われるのだという。

「心の中などほとんど誰も気にしていないだろう」

「気にしていなくても、人を殺めれば罪に問われよう？　同じことだ」

祭りの喧噪がふと遠のいたような気がした。

「難しいものだな」

「難しくはない。いかに美しい心を、やさしい心を、正しい心を磨くか——人生は最後はここに戻ってくるのさ」

だとしたら、祭りに喜ぶ人びとの笑顔も見方が変わってくるというものである。

「そういうものかね」

「そういうものだよ」

道長は行列に加わり、緊張した面持ちで歩いていた。

祭りを簡素にすると言って内心の反感を買い、今度はそれを自ら撤回して「朝令暮改の軽々な振る舞い」と陰口は叩かれるだろう。だが、それもしばらくすれば落ち着くはず。道長がこの一回の失敗で転落してしまわないように祈るばかりだった。

物見の歓声が響いている。

斎院の御禊を済ませた斎院一行はゆっくりと紫野にある賀茂斎院の建物に入っていく。

どこまでも見物人は文字通り立錐の余地もないほどだ。桟敷や物見車が、こんなにたくさんあったのかというほどに立ち並んでいる。

「やはり祭りは賑やかな方がよいな」

と言うと、晴明がまったくだなと頷く。

「怨霊などになるのは馬鹿げている。このような明るい祭りを明るい笑顔で楽しめるところに、人間らしい幸せがあるのだろうよ」

物見の人々の歓声が一際大きく、わっと響いた。

空は雲ひとつなく晴れ渡り、木々は緑を揺らす。それらに応(こた)えるように、行列を飾っている二葉葵(ふたばあおい)と桂(かつら)でできた葵桂が揺れている。魔を祓う葵桂かざりが、物見のひとりひとりに手を振っているように見えた。

かりそめの結び

賀茂祭が終わって数日。

都はまだどことなく祭りの余韻に浸ってぼうっとしている。

そんななか、実資は例によって例のごとく、宮中の務めの暇を見つけて、晴明の邸を訪ねていた。

久しぶりに紙束を抱えている。

いつものように母屋で柱にもたれた、くつろいだ姿勢で出迎えた晴明が尋ねた。

「どうしたのだね？」

「さすがに今回のことはあまりにも話が大きかったからな。日記にまとめようと思っていろいろと書いてみたのだが、どうもしっくりこなくて。それと——」

話の途中で晴明が言った。

「やめておけ」

あまりにも無造作な物言いに、思わず実資が転びそうになる。

「やめておけって、それはないだろう」

「いや、やめておけ。怨霊のことを話題にするんだろう？」

「ああ」

「事細かに書くつもりなんだろう？」

「もちろんだ」

晴明が朗らかに笑った。

「やめておけ、やめておけ。後代の読み手が、言葉と文字を通して怨霊の頃の菅公と対面してしまうではないか」

実資が目を丸くした。

「そういうものなのか」

「だから言ったではないか。言葉は呪だ、と」

実資は苦い薬を口いっぱいに入れたような顔で、紙束を抱えている。

「うーん……」

「何だ？」

「……もったいないなーと思って」

「もったいなくはないさ。少なくともおぬしという人間がそれだけ心に留めてくれた。またわれらがかの怨霊のために心を砕いて手を打った。これ自体が人の書き物に何も記されなかったとしても、歴史の中から消えるものではない」

何らかの形の教訓として、時代に流れていくだろうと晴明は予言していた。

「なるほどな」

「そう言ったところで、またいつものように別の形で日記に書き込んでいくであろう？」

「まあ、そうするしかないよな」

こうして、今回も実資が書いた日記は、晴明の庭で灰燼に帰すのであった。

六合が酒を持ってきた。

実資と晴明が互いに酒をつぎ合う。

ふたりが酒を始めると、あらためて六合と天后が琴と笛を持ってきて管弦を始めた。

「だいぶ夏らしい暑さになってきたな」

「ああ。初夏の日差しというものは、なかなかにきつい。ただ、もうすぐ五月雨の季節になるな」

ふと晴明が杯の手を止めた。

「そういえば、道長どのはどうしている？」

「一応真面目にやっているよ。いままでどおりというか、去年までのようにこつこつと丁寧に働いている。まあ口の軽いところはいままで通りなのだが……道長も道長なりに今回は考えるところがあったようだ」

と言って実資は杯を傾ける。

「変に腐ってはいないようだな」

「あいつはさらに上を目指したいと言っていたよ」

「上か。大変だな。まだ兄が四人もいるというのに」

「まったくよ。とはいえ、別に暗殺などを考えるような暗い男ではないからな」

「そうであろう。そういう天運ではないようだからな」

と微笑み、晴明が杯に口をつけた。

酒を飲んでも晴明の色白の肌はほとんど変わらない。ごく薄く、目の端が桃色になるくらいだった。

「権力の高みを目指しながら、あのような怨霊とも縁なく生きる――なかなか難しいように俺には思えるのだが」と実資。

「そうだな。怨霊どもとて、本をただせば権力闘争や政争で敗れていった者たちだからな」

仏教伝来とともに滅んでいった土蜘蛛の一族もそうだし、六怨霊たちはみなことごとくそうであろう。花山院も考え方によっては政争に敗れていった存在と見ることもできるが、いまのところ乱行こそあれ、怨霊という感じではない。

政争に敗れたら全員が全員怨霊になるとは限らないのである。

「不思議なものだな」と実資が言うと、「それが人生の面白いところさ」と晴明が答えた。

「なるほどなぁ……。かわいそうな出自、悲惨な子供の頃の出来事、恵まれなかった生まれ。それで必ず悪人になる、必ず怨霊になるということはないものな」

「むしろ逆に、成功し財をなしたからといって、それがそのまま御仏のような光り輝く人生を生きる条件とも限らない」

「すべては己の心ひとつ、なんだろ？」

「神仏が創った世界は本来美しい。人の心は本来美しい。喜びも悲しみも、一遍の詩。そんな尊さを信じて生きられるかが人生の勝負なのさ。尊さなんてこの世にはないなんて思ったら、尊いものを敬わない心そのものが跳ね返って、世界と自分の心から尊さをなくしてしまう」

「おぬしの話は不思議なことばかりだが――いつも大切なことを教えてくれる」

実資が晴明の杯に酒をつぐ。晴明も酒をついでくれた。

互いに杯を口に運ぼうとしたときだった。

晴明が実資を急かした。

「実資よ」

「何だ？」

「地震が来る前に、さっさと酒を飲んでしまおう」

「何？　地震だと？」

実資が問い返している間に、晴明がさっさと杯を空けてしまう。

慌てて実資が酒を喉に流し込んだ。かっという熱が喉を流れていく。

いつもより勢いよく飲んだので少しむせるようだった。

その時だった。

音もなく晴明の邸がゆらりと揺らいだ。

かと思うまもなく、小刻みに邸が震えるように揺れている。

「あなや」と杯を持ったままの実資が慌てる。

地震だった。

晴明はといえば、自らの杯に酒を入れ、悠々と楽しんでいる。

「ふむ。小さな地震で良かったな」

「晴明……」

「だが大きなやつもじきに来よう」

「まことか？　というよりもいま、おぬしは地震を予知したのか？」

「まあ、そういうことだな」

「どうやって？」

「陰陽師とはこういうものだからさ」

そう言って晴明は杯を手に微笑んでいる。

難しい顔をしていた実資だったが、急に杯を置いてこんなことを言った。

「その大きな地震が来る前に、女王殿下の想いに応えるにはどうしたらいいのだろうか」

「何？」

「いつまでだったら、まだ『その時』にならない？」

晴明が大笑し、六合の琴の音が外れ、天后が思わず笛の手を止めてしまった。

「実資。急に何を言っているのだ」

「だから、その大きな地震とやらが来る前に、女王殿下の想いにきちんと応えなければならない」

「ふうん？」

と晴明が覗き込むように言うと、本心を見透かされているようで、実資は耳まで熱くなった。

「ああ、そうだよ」と破れかぶれのように言い放つ。「女王殿下のせいにしてはいけないよな。俺の想いを伝えなければいけない」

「ほうほう」と晴明が梟のように言う。天后も、ほうほうと真似ていた。

「真面目な話なのだ。いつまでだ。いつまでならば地震は来ないのだ⁉」

晴明は実資の肩を軽く叩き、その杯に酒を満たしてやった。

「そう思うのならば、慌てて想いを伝えようなどと考えるのではなく、常日頃からちゃんと接することだ」

「う、うむ……」

ぐうの音も出ないとはこのことだった。

空から雨が降ってきた。

「そろそろ五月雨かもしれぬな」

実資は五月雨の挨拶と先ほどの地震の見舞いに行く段取りを考え始めるのだった。

……そのころ、藤原顕光が邸で苦い顔をしていた。

彼の文机の上には陰陽師たちが使う六壬式盤が置かれている。

「道真公ではダメだったか。まあいい、都には御霊がまだまだおられる」

五月雨が降り始めた。

簀子に家人が「あの大火傷の老爺、目を覚ましました」と低く告げた。

また駒が増えた。

顕光は微笑み、式盤をいじくる。

「実資。晴明。わが怨みを味わうがいい」

雨脚が一気に強くなり、顕光の邸を激しく叩いていた。

本書はハルキ文庫の書き下ろし作品です。

ハルキ文庫

晴明の事件帖 賀茂祭と道真の怨霊

著者 遠藤 遼

2022年4月18日第一刷発行

発行者 角川春樹

発行所 株式会社角川春樹事務所
〒102-0074 東京都千代田区九段南2-1-30 イタリア文化会館

電話 03（3263）5247（編集）
03（3263）5881（営業）

印刷・製本 中央精版印刷株式会社

フォーマット・デザイン 芦澤泰偉
表紙イラストレーション 門坂 流

ISBN978-4-7584-4469-9 C0193 ©2022 Endo Ryo Printed in Japan
http://www.kadokawaharuki.co.jp/［営業］
fanmail@kadokawaharuki.co.jp［編集］ ご意見・ご感想をお寄せください。

女子大生つぐみと古事記の謎

鯨統一郎

大学で古事記を研究する森田つぐみは、ある日、謎の組織に拉致されそうになり、雑誌記者の犬飼に助けられる。おまけに身に覚えのない同級生殺しの容疑者として警察からも追われるはめに。なぜつぐみが狙われるのか。二人は逃走を続けながら、その理由を探る。神武天皇と草薙剣の重大な秘密に迫る、鯨流古代史ミステリー！

ハルキ文庫